스토리텔링,
오리진과 변주들

storytelling

origin

variation
variation
variation
variation
variation
variation
variation
variation

스토리텔링,

오리진과

변주들

햄릿부터
오징어 게임까지,
사랑받는 캐릭터의
근원을 찾아서

장상용
지음

요다

여는 글

인간은 만물 혹은 자아의 근원(뿌리)에 대한 호기심이 강하다. 만물을 이해하고 자아 정체성을 찾는 데 근원을 아는 것은 필수다. 우리가 「단군신화」를 호랑이 담배 피우던 시절 이야기쯤으로 여기더라도, 막상 「단군신화」가 없으면 당혹스러울 것이다. "당신네 조상이 누군데?"라는 질문에 답을 하지 못할 수도 있다. 이 책에서는 「단군신화」와 같은 '근원'을 '오리진'이라 부르고자 한다.

오리진을 찾는 데 가장 열심인 집단은 유전학자들이다. DNA로 오리진을 설명하는 이들은 현생 인류가 아프리카에서 걸어 나와 세계로 퍼졌으며, 일부 아프리카 부족을 제외하고 세계인의 99퍼센트가 혼혈임을 밝혀냈다. 여러 DNA와 고고학적 분석은 한반도인이 황하 집단과 몽골, 한반도 북부 아무르 집단의 피를 섞어 형성됐음을 가리킨다.

먼 과거로부터 이어져온 끈은 우리가 익히 들었거나 알고 있는 수많은 이야기에도 들어 있다. 그럼에도 "이야기는 재미있으면 그만"이라며 타인이 만든 이야기를 소비하기만 하는 습성 탓에, 그 이야기의 오리진까지 살펴보려는 이는 드물다. 나 역시 학창시절 『햄릿』과 『돈키호테』를 읽으면서도, 『햄릿』과 『돈키호테』의 오리진에 대해 진지하게 생각해보지 않았다.

이야기를 창작하고 재구성하는 일을 하다 보니, 유명한 이야기 대부분이 오리진을 가진 변주임을 알게 되었다. 언젠가 「혹부리 영감」을 연구하는 일본 지인을 통해 혹부리 영감 설화가 한국, 중국, 일본에 비슷한 형태로 존재한다는 사실을 알고 충격을 받은 적이 있다. 오리진은 하나일 텐데, 한·중·일 모두 자국의 이야기가 변주라고 생각하지 않는 것 같았다. 미국 '마블 시네마틱 유니버스'의 경우 현대판 영웅을 만들고, 그것을 오리진 삼아 파생되고 연결되는 이야기와 캐릭터를 뽑아낸다. 그 과정을 반복해 폼 나는 세계관을 만들고 그 속에 팬들의 영혼을 가둔다. 그 자체가 스토리텔링이다.

이 책은 유명한 이야기들의 족보인 셈이다. 전 세계 여러 이야기를 정리하면서, 그 속에 깃든 인류의 욕망(생존욕, 권력욕 등), 사고 체계 등을 들여다볼 수 있었다. 인류는 같은 조상을 둔 먼 친척이므로 각자 다른 공간에서도 비슷한 이야기를 만들어왔다는 결론에 도달했다.

세계인의 공감을 끌어낸 〈오징어 게임〉 역시 여러 이야기를 우려낸 짬뽕 한 그릇이 아닐까. 독자 여러분이 이 책을 통해 이야기의 본질에 친숙하게 다가서고, 더 깊이 이해할 수 있기를 기대한다.

2022년 가을
남한산성 자락에서

차례

4. 창조된 캐릭터

5. 인간적인 캐릭터

1

공간이라는
캐릭터

수직 공간과
권력

하늘은 신의 영역이었다. 저 아래 땅이라고 불리는 곳은 인간과 짐승이 섞여 사는 속俗의 공간이었다. 신들의 거처인 올림포스산은 하늘에 닿은 성聖의 구역이었고, 선계仙界의 이단아 손오공을 500년 동안 가둔 오행산은 인간의 땅에 닿은 유형지였다. 〈실낙원〉의 저자 밀턴의 지적처럼 신의 권력에 도전한 타락천사 사탄이 추방당한 곳이 아무리 떨어져 내려가도 끝없는 무저갱이라는 점을 기억하자.

신과 인간은 수직 공간으로 구분되었다. 수직 공간은 신분, 계급, 권력의 상징이다. 신화 대부분에서 신들은 인간의 오만을 가장 싫어했다. 신의 영역, 수직 공간 최상층에 닿으려는 인간의 노력은 신의 권력과 권능에 대한 도전으로 받아들여졌다. 버릇없이 자란 아이처럼 주제를 모르는 인간을 기다리는 것은 예외 없는 신의 응징, 그로 인한 파멸이었다.

바벨탑, 신의 저주를 부르다

신은 당근과 채찍으로 미개하고 오만한 인간을 대했다. 그들은 한없이 자비롭지 않았다. 전능한 신과 맞먹으려 하면 안 된다는 교훈을 게을리하지 않았다. 「창세기」의 바벨탑 신화는 신이 이 문제를 어떻게 대하는지를 보여주는 오리진이 됐다.

> 또 말하되 자, 성읍과 탑을 건설하여 그 탑 꼭대기를 하늘에 닿게
> 하여 우리 이름을 내고 온 지면에 흩어짐을 면하자 하였더니.
>
> ─「창세기」11장 4절

행간에 녹아 있는 인간들의 바벨탑 건설 의도는 신이 볼 때 매우 미심쩍었다. 신은 바벨탑을 하늘에 닿게 하려는 인간의 계획을 처절하게 응징했다. 단일한 언어를 쓰던 인간은 서로의 말을 알아듣지 못하게 되자 흩어졌으며, 바벨탑은 파멸했다.

신의 격노는 인간의 의식 속에 위계질서라는 수직적 사고를 심었다. 그것이 고대와 중세를 꽃피운 문명적 사고의 뿌리가 됐다. 중세에는 연애조차 수직적 단계가 요구됐다. 신新플라톤학파는 사랑을 사다리의 계단에 비유해 낮은 곳부터 감

각적 사랑, 이성적 사랑, 지적 사랑의 순서대로 올라간다고 표
현했다. 가장 높은 단계의 지적 사랑은 천사 같은 성품의 사랑
이었다. 시인 단테도 『신곡』에서 신플라톤학파를 좇아 지옥,
연옥, 천국 순으로 올라갔다.

바벨탑의 주인은 누구?

신이 역사에서 지워버린 비운의 전설을 깨운 것은 만화 『바
벨 2세』(1971)였다. 만화가 요코야마 미츠테루는 바벨탑 신
화의 틈새를 읽어내고 오리진에 대한 변주에 도전했다. 그 틈
새는 바로 바벨탑의 주인이었다.

『성경』은 바벨, 앗수르 등 도시를 세운 구스의 아들 니므롯
(님로드)을 바벨탑의 건설자로 지목한다. 그러나 미츠테루는
그 설명이 충분하지 않다고 보았다. 『바벨 2세』는 도입부에서
다섯 쪽에 걸쳐 바벨탑 신화를 요약하며 바벨탑의 후계자로
중학생 고이치를 내세웠다.

고이치는 수천 년 전 결정된 운명의 부름을 받아 바벨탑에
도착한다. 알고 보니 고이치를 불러들인 자는 바벨탑을 건설
하고 세상을 떠난 주인이다. 고이치는 바벨탑에 설치된 컴퓨
터를 통해 바벨탑의 건설 경위를 알게 된다. 원주인은 지구에
불시착한 외계인이었으며, 동료들을 부르기 위해 님로드를
협박해 바벨탑을 높게 쌓아 올렸다. 결국 구원받지 못한 채 지

구 여자와 결혼한 외계인은 바벨탑을 경영할 자신의 적자適者에게 모든 유산을 넘겨주기로 한다.

외계인 조상이 후손에게 남겨준 것은 지구를 다스릴 권능과 권력이다. 그는 녹화 영상 말미에서 "이것들을 가지고 이 지구를 정복하든, 지구인을 위해 사용하든 그것은 그대의 자유다. 난 나와 같은 능력을 가진 인간에게 내 모든 것을 전해주는 것만으로도 행복함을 느낀다"고 말한다.

여기서 주목할 것은 바벨탑 원주인의 생각이다. 그는 후손에게 선과 악에 대해서는 언급하지 않는다. 자신과 후손은 지구인과 레벨이 다르다는 생각의 결과다. 고이치는 바벨 2세로 태어난다. 로뎀(변신 표범), 포세이돈(대형 로봇), 로프로스(괴조) 등 세 부하가 그를 수호한다.

바벨 2세는 자신과 비슷한 능력을 지닌 초능력자 요미를 만난다. 요미 역시 외계인 조상의 후손인데 바벨탑을 먼저 방문했다가 부적격 판정을 받은 자다. 요미는 바벨 2세에게 지구를 정복하자며 손을 내민다. 바벨 2세의 거절로 그들은 서로를 소멸시키기 위한 싸움에 돌입한다. 선(바벨 2세)과 악(요미)의 대결 구도로 『바벨 2세』의 이야기는 진행된다. 인간이 결국 바벨탑의 주인이라는 결론은 신의 시대가 끝났음을 시사한다.

지구 문명의 건설자가 외계인이라는 가정은 영화 〈스타게이트〉(1994)와도 연결된다. 이 작품에서 이집트 피라미드는 외계인이 건설한 첨단 외계 문명이며, 외계인은 태양신 '라Ra'로서 지구인들에게 절대 숭배를 강요한다. 공교롭게도 수직 공간의 상층부가 작아지는 구조의 피라미드는 바벨탑보다 극적으로 권력의 크기를 시각화한다.

수직은 유폐의 공간

수직 공간과 권력이라는 주제에 특별한 관심을 가진 스토리텔링의 대가는 영화감독 박찬욱과 봉준호였다. 영화계 선후배 사이인 그들에게서 〈올드보이〉(2003), 〈설국열차〉(2013), 〈기생충〉(2019)이 탄생한 것은 우연이 아니다.

그 도화선이 된 〈올드보이〉의 만화 원작은 대도시 고층 건물에 설치된 비밀 공간을 무대로 한다. 이 비밀 공간은 지하주차장 엘리베이터에서 7층과 8층 버튼을 동시에 눌러야만 서는 7.5층의 사설 형무소다. 오피스 빌딩에 사설 감옥이 존재한다는 발상은 신선하지만, 수직 공간인 탑은 신화시대부터 감옥의 기능을 수행해왔다. 아르고스의 왕 아크리시우스가 기분 나쁜 예언의 실현을 피하기 위해 자신의 딸 다나에를 높은 탑에 가둔 것처럼.

유폐는 한 개인의 권력과 자유의 마지막 한 조각마저 빼앗는다. 수직 공간인 탑은 이러한 권력 행위를 수행하기에 적절하다.

그렇다면 수평 공간에서는 모두 평등할까? 수직 구조에서 상급 권력자는 높은 곳, 하급 권력자는 낮은 곳에 자리한다. 〈설국열차〉는 위계질서가 수직 공간의 전유물이 아님을 보여주었다. 그것이 영원히 달리면서 연료가 부족해지면 하층민이 탄 꼬리 칸을 차례로 떼어내는 설국열차라면.

〈설국열차〉의 세계관은 빙하가 덮친 지구에서 한 열차에 탑승한 마지막 인류가 맞은 종말적 상황이다. 수평 구조에서도 수직 구조와 다름없는 지배 구조와 착취 관계가 펼쳐진다. 공간을 변형해도 인간 사회의 권력 구조는 바뀌지 않는다는 충격이 〈설국열차〉를 독특한 위치에 올려놓는다.

봉준호는 〈설국열차〉에서의 경험을 바탕으로 〈기생충〉에서 더 드라마틱한 수직 공간을 연출했다. 봉준호가 "〈기생충〉은 90퍼센트가 집 안에서 벌어지는 이야기이고, 그중 60퍼센트가 2층 구조의 부잣집에서 일어난다. 계단이 자주 등장해 우리는 이 영화를 '계단 시네마'라 부르기도 한다"고 말했지만, 〈기생충〉이 부자 가족과 그에 기생하는 반지하 빈민층 가족의 이중구조에만 의존했다면 범작의 수준을 벗어나기 어려웠을 것이다.

〈기생충〉은 후반부에서 그때까지 감추어둔 진짜 기생충을 반전 카드로 꺼내 든다. 기택(송강호)의 가족이 기생충이라고 여긴 관객은 충격에 빠진다. 기택 가족을 구박하던 부자 가족의 집사 문광(이정은)의 남편이 그 저택 비밀 지하에서 기생하는 모습이 적나라하게 드러난다.

문광과 남편은 숨은 기생충 집단이었다. 구舊 기생충 집단과 신新 기생충 집단은 서로 상대의 약점을 쥐고 있다. 그때부터 기생충 집단끼리의 목숨을 건 암투, 몸싸움, 권력 다툼이 벌어진다.

삼중 기생 구조 혹은 변형된 사중 구조(부자 가족, 문광, 기택 가족, 문광 남편)의 시각화는 복잡한 인간 사회 구조와 권력의 관계를 더 깊게 들여다보는 계기를 제공했다. 수직 공간이 유발하는 긴장감을 유머와 미학으로 풀어낸 것은 스토리텔링 역량이다.

리좀을 꿈꾸며

수직 공간은 물리적 힘으로 권력을 차지하려는 자들에게 유용한 전장戰場이다. 이때도 '탑'이라는 공간은 무척 매혹적이다. 탑의 입구에는 악의 세력 중 문지기급이 서 있고, 주인공은 탑을 오를 때마다 더 강한 문지기를 깨고 탑 꼭대기의 보스를 마지막에 상대하는 구조를 만들 수 있다.

이러한 아이디어를 실현하려 했던 스토리텔링의 대가는 이소룡이었다. 그의 마지막 영화로 유명한 〈사망유희〉(1978)에서 이소룡은 5층 사망탑(Death Tower) 꼭대기에서 카림 압둘자바와 싸운다. 1층에서 5층까지 각기 다른 스타일의 무술

고수들을 깨고 꼭대기에 오르는 설정은 액션 게임에도 적지 않은 영향을 미쳤다.

시우SIU 작가의 웹툰 〈신의 탑〉(2010)은 사망탑 구조를 판타지적으로 재해석했다. 이 작품은 웹툰이라고 하지만 신화나 전설의 고전적 구조를 상당 부분 차용했다. 주인공 밤소년은 자신이 만나고자 하는 소녀를 뒤쫓아 탑의 최저층부터 꼭대기까지 문지기를 하나씩 깨고 올라간다. 최저층 문지기는 "답은 항상 위에 있다…. 답을 구하고 싶다면… 위를 향하세요. 금은보화, 불로장생, 절대적인 힘, 마법과 같은 재주와 신비를 찾는다면 위를 향하세요"라고 말하며 주인공을 막아선다. 탑의 꼭대기는 인간이 욕망하는 것을 무엇이든 얻을 수 있는 공간이기도 하다. 문지기의 첨언 하나. "하지만 탑을 올라가는 건 매우 힘들고 고통스러운 일이라는 걸 말씀드리죠."

신을 닮은 인간이 만물을 지배한다는 수직적 사고는 고대, 중세의 유산이라는 것이 철학자 질 들뢰즈의 지적이다. 이러한 사고 체계가 위계질서로 구현돼 현실을 지배하는 것도 사실이다.

질 들뢰즈는 그 대안으로 '리좀Rhizome'을 제시했다. 리좀은 수평으로 자라면서 중심 없이 덩굴들을 뻗어나가는 관계 맺기 방식이다. 이 구조에서 권력의 분산은 자연스럽다.

스토리텔링은 현시대를 녹여냄으로써 대중의 공감을 얻는다. 21세기 사회가 고대, 중세의 위계질서에 가까운지, 아니면

리좀 쪽으로 이동하는지에 따라 오리진에 대한 변주의 방향이 결정될 것이다.

그들만의
유토피아-디스토피아

그리스어 'ou(없다)'와 'topos(장소)'의 합성어 'Utopia유
토피아'는 '이 세상에 없는 곳'을 뜻한다. 고대인이 꿈꾼 목가적
이상향, 즉 '아르카디아Arcadia'의 르네상스적 변형이 유토피아
다. 헤르메스가 태어난 곳이자 그의 아들인 목신牧神 '판'이 다
스리던 축복과 풍요의 낙원 아르카디아를 대신해, 르네상스인
토머스 모어는 1516년 영국 런던시를 모델로 근대국가의 이상
향을 그린 유토피아를 제시했다. 만인에게 평등과 행복이 보장
된 곳이 이 지구 어딘가에 있을 수 있으며 건설 가능하다는 희
망의 찬가였다.

인류 역사상 아르카디아나 전설의 대륙으로 불리는 아틀
란티스가 구현된 적이 있었던가. 세대를 막론하고 현실은 전
쟁, 질병, 가난과 기아, 착취 등으로 점철된 모순의 시공이었

다. 이상향의 실현 불가능, 불완전성이라는 역설이 유토피아를 끌어냈다. 만화가 박흥용은 철학적 유토피아를 고민한 작품『경복궁 학교』(1997)에서 자신의 견해를 밝혔다. "유토피아란 말이 왜 만들어졌을까? 이 세상을 살아가는 고통이 너무 심하니까, 그걸 달래는 진통제 같은 약이 아닐는지."

19세기까지 내달린 유토피아

인간을 옥죄던 중세의 붕괴는 인간의 힘, 사회 완성에 대한 기대감을 불어넣었다. 영국 변호사 모어가 집필한『유토피아』를 필두로 이탈리아 수도승 캄파넬라의『태양의 도시』(1602), 독일 휴머니스트 안드레아의『기독교 도시』(1619) 등이 유토피아 3부작으로 자리매김했다. 그 후로도 철학자 프란시스 베이컨의『새로운 아틀란티스』(1627)부터 유토피아를 그린 미국 최초의 SF 소설인 에드워드 벨러미의『뒤돌아보며』(1888)에 이르기까지 수많은 유토피아서書가 인류의 진보를 믿어 의심치 않았다.

그 오리진인『유토피아』는 현대사회에 버금가는 질서 정연한 입법·사법·행정 체계를 갖추고 있다. 모어는 유토피아가 균등하게 설계된 54개의 도시로 구성되었으며, 아마우로툼을 수도로 한다고 묘사한다. 16세기 유럽의 이상적 국가상이 여러 분야에서 구체적으로 제시된다. 그중 전쟁과 평화의 철학,

군사 시스템 등은 국제 분쟁을 해결하지 못한 21세기에도 참고할 만해 보인다.

어떤 짐승들보다 인간만큼 계속적으로 전쟁을 한 적은 없다고 보고, 유토피아들은 전쟁을 아주 증오한다. (…) 그렇지만 이들은 남녀를 막론하고 필요할 때 전투능력을 가지기 위해 정기적으로 군사훈련을 받는다.

매우 현대적이면서도 유토피아 특유의 이상론이 혼합돼 있다. 즉, 자국 방어와 우방의 영토로부터 침략자 퇴치, 더 나아가 독재자 굴레 아래에서 억압당하는 인민을 구하기 위한 전쟁은 해야 한다는 것이다. 가장 마지막 부분은 전쟁의 공리성을 강조한다. 유토피아인은 모두 똑같은 옷을 입고, 옷은 스스로 가정에서 만들어 입기 때문에 양복점이 존재하지 않는다는 대목에서는 사회주의가 떠오르기도 한다. 19세기 영국을 모델로 공산주의를 제시한 칼 마르크스의『자본론』(1867) 역시 큰 틀에서『유토피아』의 후예라고 볼 수 있다.

『우리들』, 유토피아에 대한 첫 반격

20세기 들어 유토피아 찬가에 제동을 건 것은 예브게니 자먀찐의 안티(反) 유토피아 소설『우리들』(1927)이었다. 조선

造船기사로 문학에서의 영원한 혁명과 이단적 가치를 꿈꾼 그는 10월 혁명을 자신의 문학적 이상과 동일시하며 열렬히 환영했다. 자먀찐은 에세이 「문학, 혁명, 그리고 엔트로피 등에 관하여」(1923)에서 "혁명의 법칙은 붉고, 격렬하며, 치명적이다. 그러나 이 죽음은 새로운 생명, 새로운 별의 탄생을 의미한다. (…) 혹성이 불이 붙어 다시금 젊어지고자 한다면, 그것에 불을 질러야만 하고, 진화의 평탄한 대로를 내던져야만 한다. 이것이 법칙"이라고 주장했다.

그의 이상은 곧 좌절됐다. 1920년대 도래한 스탈린 주도의 전체주의 사회는 그가 꿈꾼 모습이 아니었다. 대담하게도 그에 대한 비판으로 인간 개성을 철저하게 말살하는 사회를 그린 작품이 『우리들』이었다.

주인공 D-503이 쓴 40회 분량의 일기 형식인 『우리들』에서 모든 등장인물은 숫자로 표현된다. 스탈린을 상징하는 '은혜로운 분'이 통치하는 '단일제국'에서는 직선만 존재한다. 푸르스름한 제복을 입은 모든 번호는 거리에서 네 명씩 대오를 지어 〈단일제국 행진곡〉 박자에 맞춰 걸어가야 하며, '행복'이라는 소네트를 음미한다. 도시의 모든 건물과 구획은 평행육면체, 정사각형이다. 보안 요원들의 감시가 일상이다.

단일제국의 남녀는 특정한 이성과 짝을 짓지 않으며 신청하면 누구나 섹스 파트너가 될 수 있다. 이 사회에서 질투는 불필요한 감정이다. 허락 없이 아이를 갖는 것은 제거 대상이다. 모두가 평등하고 행복한 무오류의 사회다.

우주선 건설기사이며 단일제국의 충실한 구성원인 D-503 앞에 I-330이라는 기묘한 여성이 나타난다. 얼굴에 'X'자의 이미지를 가진 I-330은 섹스 파트너가 되면서 D-503으로 하여금 술을 마시게 하고 질투를 느끼게 한다. D-503은 점점 반체제적인 인물로 변해가며 결국 "나는 나", "나는 단독체"라는 '위험한' 생각을 하게 된다.

D-503은 반체제 인물인 I-330에게 포섭된 것처럼 보인다. I-330의 X자 이미지는 미지수(단일제국의 확실성에 반함) 혹은 그리스도의 십자가를 상징한다. D-503은 진화의 완성체여야 할 모습과 달리 털이 복슬복슬한 손을 가지고 있으며, 내면에 깃든 X를 인식한다. 또 다른 여성 O-90은 그의 아이를 갖게 된다.

D-503의 위험성은 은혜로운 분에게 보고된다. 결국 뇌 수술을 받고 개조된 D-503의 신고로 I-330도 끔찍한 고문을 당한다. D-503의 일기는 "이성의 승리"로 끝맺는다.

『멋진 신세계』와 『1984』, 공포의 크레센도

자먀찐에 자극을 받은 영국 작가 올더스 헉슬리는 『우리들』을 모델로 『멋진 신세계』(1932)를 써 내려갔다. 산업혁명의 발상지를 직접 경험한 헉슬리가 이 세상을 디스토피아로 볼 이유는 충분했다. 제1차 세계대전, 1920년대 말 심각한 경제 위기, 전체주의 등장 등 악재가 끊이지 않았다. 또한 과학기술 발전이 이대로 계속된다면 자유, 존엄성, 성실, 사랑에의 갈망이라는 인간 본성이 말살될 수 있다는 위기감을 느꼈다.

『멋진 신세계』는 『우리들』로부터 많은 것을 빌려 왔다. 포드 기원(A. F.) 141년에 '9년 전쟁'을 겪은 세계제국은 열 명의 세계 총독이 분할해 다스린다. 제국의 엘리트 지배 계층에 속한 주인공 버나드 마르크스는 서부 유럽의 총독 무스타파 몬드와 일한다. 과학, 효율성, 안정을 통한 행복을 추구하는 이 사회는 인간의 감정이나 개성을 허용하지 않는다. 『우리들』처럼 『멋진 신세계』의 남녀는 어릴 적부터 "인간이란 다른 모든 사람에게 소속된 존재이고, 서로 공유하는 것"이라 배우며 섹스한다. 어린이들은 벌거벗은 채 섹스 놀이를 즐긴다. 한 명의 이성에 대한 사랑만큼 미개한 것은 없다.

모든 구성원은 인공수정을 통해 복제되고, 주어진 계급의 역할만 수행하도록 지속적으로 세뇌당하고 최면에 걸린다. 사회를 지배하는 알파플러스족은 배아단계에서부터 우성으로 자란다. 하층민으로 배양된 베타족, 델타족, 감마족, 엡실론족은 육체의 크기도 제어되어 열등하게 자란다. 모든 시민은 약물을 지속적으로 복용해 우울감 등과 같은 정신적 고뇌나 고독감을 없앤다.

알파플러스족인 버나드는 인공수정 과정에서의 사고로 육

체적으로 열성이다. 그의 콤플렉스는 육아실에서 일하는 금발의 글래머 리니나를 탐하는 쪽으로 뻗어간다. 결함이 반사회적 성향을 키워내고, 그는 리니나와 함께 제국이 금기시하는 공간인 서부 뉴멕시코로 향한다. 이곳에는 구시대 방식으로 사는 인디언들이 있다. 금기시하는 구역을 여행하는 것은 『우리들』의 D-503이 단일제국 밖의 금지구역(이성을 배신한 인간이 많은 서부)에 가는 것과 비슷하다.

『멋진 신세계』의 독창성은 버나드가 자신을 전출시키려는 국장에게 카운터펀치를 날리기 위해 인디언 구역에서 혼혈 인디언 존을 데려오는 장면에서부터 드러난다. 존은 국장이 젊은 시절 임신시키고 뉴멕시코 인디언 마을에 버리고 온 여성의 아들이었다. 그곳에서 셰익스피어의 문학에 심취해 자란 존은 버나드의 세계에 오자마자 유명인이 된다. 제국에 동화되는 것을 거부하는 존은 "난 안락을 원치 않습니다. 난 신神을 원합니다. 시詩를 원합니다. 참다운 위험을 원합니다. 자유를 원합니다. 선을 원합니다. 난 죄를 원합니다"라고 총독에게 외친다. 그러나 제국은 그에게 혼자 있을 자유조차 허용하지 않는다. 인공수정된 쌍둥이들이 바닷가 등대에 혼자 사는 존을 찾아와 원숭이 취급을 한다. 등대 안에 목매달아 죽어 존의 발이 허공에 떠다니는 마지막 장면은 공포 그 자체다.

버려진 세계, 그들만의 유토피아

디스토피아 3부작의 마지막 작품인 조지 오웰의 『1984』(1949)는 '빅브라더'의 존재로 공포의 강도를 더욱 높인다. 말과 행동은 물론이고 머릿속까지 감시하는 사회. "전쟁은 평화, 자유는 예속, 무지는 힘"이라는 구호를 가진 국가 오세아니아의 진리眞理성 관리인 윈스턴은 여성 줄리아와 금지된 사랑에 빠진다. 그 무엇으로도 떼어낼 수 없을 듯 보였던 그들은 상사 오브리엔의 배반으로 체포된다. 오브리엔은 빅브라더를 대신해 윈스턴을 고문한다. 암실 안 윈스턴의 머리 옆에 굶주린 쥐가 든 트랩이 놓인다. 오브리엔은 줄리아를 배반하도록 종용하며 트랩의 중간 문을 하나씩 연다. 마지막 문이 열리면 쥐들이 그의 골을 파먹게 된다. 윈스턴의 공포는 극에 달한다. "윈스턴은 머리 위의 공중에서 계속 찍찍거리는 소리를 들었다. 그렇지만 그는 자신의 공포감과 맹렬히 싸웠다. 생각한다는 것, 단 1초 동안만이라도 살아 생각한다는 것, 이것이 유일한 희망이었다. (…) 윈스턴은 거의 의식을 잃었다. 모든 것이 새까매졌다"는 화자의 서술이 그것을 입증한다.

세뇌된 윈스턴은 빅브라더의 은혜를 진심으로 느낀다. 뒤통수에 총알을 맞아 숨지는 그 순간까지. 전 세계에 '빅브라더'를 초월적 독재자의 상징으로 만든 그 장면이다.

영화감독들에게 디스토피아는 매우 매력적인 소재였다. 우리 현실이 디스토피아로 보일 때가 있지 않은가. 그중에서도

SF 영화 〈디스트릭트 9〉(2009), 〈엘리시움〉(2013) 등을 발표한 닐 블롬캠프는 디스토피아 전문 감독이라 할 수 있다.

〈디스트릭트 9〉은 어느 날 갑자기 남아공의 빈민촌 상공에 외계인 우주선이 불시착한 사건을 다룬다. 음식과 연료가 부족한 외계인들은 요하네스버그 인근 지역 '디스트릭트 9'에 임시 수용돼 28년 동안 인간의 통제를 받게 된다. 디스트릭트 9은 인질로 전락해 쓰레기를 먹으며 연명하는 외계인들과 빈민, 갱단이 뒤섞여 살아가는 무법지대로 변한다. 이보다 더 괴상한 디스토피아는 상상 불가하다.

〈엘리시움〉은 기존 디스토피아와는 양상이 사뭇 다르다. 미래의 지구는 환경이 오염돼 더 이상 살 만한 별이 못 된다. 대다수의 지구인은 지구에서 죽지 못해 살아간다. 반면 소수의 지배 계층은 지구 상공에 '엘리시움'이라는 인공 공간을 만들고 쾌적하게 살아간다. 지구는 유토피아와 디스토피아가 공존하는 이분법의 공간으로 재탄생한다.

전체주의의 공포는 중국, 홍콩, 북한 등 일부를 제외하면 어느 정도 사라진 듯하다. 21세기의 디스토피아 스토리텔링은 〈엘리시움〉처럼 더욱 극명해지는 빈익빈·부익부 세계와 계층을 다루게 될 것이다. 소수만 누리는 유토피아는 곧 대다수가 맞이할 디스토피아를 의미하기에.

먼치킨의
고향

"거의 인적이 없는 길을 따라 고사리 덤불이 우거진 가을 숲", "어부들이 뚱한 얼굴로 부두에서 빈 그물을 끌고 나오는" 호수 밀스 워터, "가뭄이 들면 거의 소출이 없는 척박한 땅"인 시골 러시마진스. 오즈의 동남쪽 변방인 이곳이 중요한 것은 훗날 서쪽 마녀가 되는 엘파바가 산파의 손가락을 물어서 자르고 태어난 출생지이기 때문이다. 이곳에서 북쪽으로 쭉 올라가면 에메랄드 시티까지 연결되는 '옐로 브릭 로드 Yellow brick road'와 만난다. 그 주변은 도로시가 뇌 없는 허수아비를 만난 농지가 넓은 평야를 이루고 있다. 동서남북 4개 나라(동: 먼치킨랜드, 서: 빈쿠스, 남: 쿼들링, 북: 위티카)로 구성된 오즈의 나라에서 유일한 평야다. 오즈의 최북단 지방을 잇는 갈리킨 철도, 수도 에메랄드 시티, 엘파바와 북쪽 마녀

글린다를 배출한 명문 시즈 대학을 보유한 북국 위티카에 비하면 다소 낙후된 이미지다. 우측으로 따라가면 옐로 브릭 로드의 출발점이 되는 '센터 먼치'에 이른다. 캔자스에서 돌풍을 타고 날아온 도로시의 집이 동쪽 마녀를 저세상으로 보낸 역사적 장소다.

앞에서 보듯, 오즈의 세계관에서 모든 사건의 기원, 출발점이 되는 장소는 '먼치킨랜드Munchkinland'다. 라이먼 프랭크 바움이 동화 『위대한 마법사 오즈』(1900)를 첫 출간한 후 20편에 가까운 후속 시리즈를 통해 오즈의 세계관을 탄탄하게 구성한 덕분에, '먼치킨'은 오늘날 웹소설, 웹툰의 서사를 설명하고 대변하는 서브컬처의 핵심 코드로 떠올랐다. 먼치킨랜드라는 투박한 농촌에 깊이 뿌리박은 오즈의 세계관은 정형화를 거부하는 상상력과 영감의 허브로 동경의 대상이 되고 있다.

기승전결을 뛰어넘은 엉뚱함

오즈의 세계관은 『위대한 마법사 오즈』에서 출발한다. 이를 바탕으로 1939년 미국 MGM사가 제작한 영화 〈오즈의 마법사〉에서 여주인공 도로시(주디 갈런드)는 갑갑한 현실에서 벗어나게 해줄 무지개 너머 세상을 그리워하며 노래 〈오버 더 레인보Over the Rainbow〉를 부른다. 무지개 너머 어느 곳은 상상의 나라 오즈로 현실화된다. '오즈OZ'라는 이름은 작가 프랭크 바움이 자신이 쓰던 서류용 선반의 첫 칸은 A부터 N까지고 두 번째 칸은 O부터 Z까지인 것을 보고 아이디어를 얻어 붙인 것이라고 한다.

『위대한 마법사 오즈』는 1900년 5월 15일 출간 즉시 베스트셀러가 됐다. 그해 12월 출판사는 첫 로열티로 바움에게 3432.64달러라는, 당시로는 어마어마한 금액을 지불했다. 수만 명 팬의 속편 출간 요청을 받은 바움은 1904년 오즈의 첫 속편 『환상의 나라 오즈』를 펴냈다. 오즈의 세계관은 『오즈의 오즈마 공주』(1907), 『도로시와 오즈의 마법사』(1908), 『오즈로 가는 길』(1909), 『오즈의 에메랄드 시』(1910) 등으로 계속 확장됐다. 그는 1913년부터 1919년 사망할 때까지 『오즈의 누더기 소녀』, 『오즈의 틱톡』, 『오즈의 허수아비』, 『오즈의 링키팅크』, 『오즈의 사라진 공주』, 『오즈의 양철나무꾼』 등 후속편 발표를 멈추지 않았다.

『위대한 마법사 오즈』는 "내 집, 내 고향이 제일 좋아"라는 평범한 메시지와 정서에도 불구하고 당시로는 파격적인 서사적 구성을 선보인다. 태풍 속에서 정신을 잃은 소녀 도로시는 집 밖으로 나섰을 때 어리둥절해한다. 미국 캔자스 농촌의 황량한 시골(영화 화면에서 현실 세계는 모노톤, 오즈 세계는 컬러로 처리)이 아니라 아름답고 낯선 동화 속 마을 같은 광경이 펼쳐지고, 이상한 복장을 한 난쟁이들이 자신을 열렬히 환영하기 때문이다. 그들은 "먼치킨의 나라에 온 것을 환영하네. 고귀한 마법사여, 동쪽의 사악한 마녀를 죽이고 우리를 속박에서 풀어줘서 고맙다네"라고 말한다. 빨간 구두를 신은 동쪽 마녀가 도로시의 집에 깔린 채 두 발이 집 밖으로 튀어나와 있었던 것이다. 말썽쟁이 강아지 토토밖에 의존할 데가 없던 도로시는 단박에 먼치킨의 압제자 동쪽 마녀를 처단한 국민 영웅으로 추앙받는다.

영화 〈오즈의 마법사〉는 도로시가 먼치킨랜드의 영웅으로 대접받는 장면을 더욱 드라마틱하고 즐겁게 그린다. "딩동! 나쁜 마녀가 죽었다!"며 먼치킨들이 요란스럽게 집단 군무를 추는 가운데, 검시관이 동쪽 마녀 사망진단서를 먼치킨랜드 시장에게 보여준다. 이를 확인한 시장은 독립의 날을 선포하고, 도로시의 동상을 만들겠다고 한다.

이는 예사롭지 않은 서사라고 할 수 있다. 대개의 서사는 주인공이 기승전결의 단계에 따라 자신의 역량을 발전시키고 성장해 목적을 수행하고 결말을 맺는다. 이를 과학적 서사이론으로 체계화한 것이 서사기호학자 그레마스의 '서사도식'이다.

도로시는 오즈 데뷔 순간부터 먼치킨랜드의 지배자이며 사악한 동쪽 마녀를 죽인 영웅이 된다. 동쪽 마녀의 상징인 빨간 구두는 저절로 도로시의 발에 신겨진다. 온라인 게임 용어로는 '아이템 획득'이다. 동쪽 마녀의 언니인 서쪽 마녀가 빼앗

기	승	전	결
계약	능력 (의무/ 지식/ 욕구/ 능력)	수행	승인

서사도식

으려 하지만 실패한다. 서사도식에서 가장 중요한 것은 주인
공의 능력이다. 그것은 주로 '승' 단계에서 입증된다. 그럴지
라도 가능성을 보이는 것이지, 최고 능력을 갖는다는 것은 아
니다. 만화 〈드래곤볼〉(1984)의 주인공 오공을 보라. 초超사
이언인으로 능력을 발현하는 데 여러 단계가 필요하다. 도로
시는 '기' 단계부터 최고 능력자 대우를 받으며 서사를 시작
한다. 오즈의 세계에 대해 아무런 지식도 없고, 나쁜 마녀를
처단하고자 하는 욕구와 의무도 없고, 오직 집으로 돌아가기
만을 바라는 도로시가 최고의 능력자(영웅)가 된다는 설정은
기존의 서사도식을 뛰어넘는 작가의 기발함을 보여준다. 서
류용 선반을 보고 오즈라는 이름을 지은 작가의 엉뚱함이 기
발함의 본질인 것이다.

굿바이 옐로 브릭 로드

도로시의 친구들은 각자 원하는 것을 얻고, 오즈의 마법사
가 사기꾼인 것을 안 도로시가 집으로 귀환한 『위대한 마법사

오즈』는 영국 가수 엘튼 존에게도 영감을 준다. 작품 속 출발점은 먼치킨랜드이지만, 중심점은 에메랄드 시티이며, 먼치킨랜드와 에메랄드 시티를 잇는 연결고리가 옐로 브릭 로드다. 먼치킨랜드에 떨어져 "집에 어떻게 가야 하냐"고 묻는 도로시에게 북쪽 마녀 글린다는 "에메랄드 시티의 위대한 마법사 오즈를 찾아가라. 그가 알려줄 것이다. 옐로 브릭 로드를 따라가면 만날 수 있다"고 말한다.

에메랄드 시티는 오즈의 나라 구성원들이 동경하는 화려한 수도다. 따라서 에메랄드 시티로 안내하는 '노란 벽돌 길'은 황금을 연상시키며 성공에 이르는 길을 상징한다. 오즈의 세계관에서 가장 긴 옐로 브릭 로드는 먼치킨랜드에서 에메랄드 시티까지 구간이다. 남국 쿼들링의 중심지 쿼이어에서 에메랄드 시티까지 구간인 옐로 브릭 로드는 그리 길지 않다. 에메랄드 시티에서 서국 빈쿠스로 향하는 옐로 브릭 로드는 없다. 종합해보면, 먼치킨랜드는 다소 낙후되어 있지만 성공에 도전할 기회가 가장 많은 곳이라 할 수 있다.

에메랄드 시티는 화려함과 동경의 대상이지만, 실상은 겉보기와 다르다. 내용 면에서 『위대한 마법사 오즈』의 프리퀄 격인 뮤지컬 〈위키드〉(2003)에서 그곳의 실체가 드러난다. 에메랄드 시티는 일반적인 중력이 지배하지 않는 세상이다. 따라서 그곳의 시민들은 화려한 의상을 입었음에도 불균형한 몸을 가지고 있다. 시민들의 정신적·육체적 균형을 허용하지 않는다.

〈위키드〉에서는 위대한 마법사, 통치자로 칭송되는 오즈의 마법사가 벌인 악행이 적나라하게 드러난다. 마법사는 경찰을 동원해 오즈 내의 불온한 동물들을 체포하고 탄압한다. 비밀리에 동물 실험이 벌어지기도 한다. 날개 달린 원숭이들이 그 증거다. 초록색 피부의 소수자인 엘파바는 이에 항의하다가 오즈의 마법사에 의해 서쪽 마녀로 몰린다. 뮤지컬 후반부의 반전 포인트, 오즈의 마법사가 엘파바의 생물학적 친아버지다!

엘튼 존은 이러한 점을 미리 간파했던 것 같다. 그는 1973년 오즈의 나라에서 모티프를 얻은 노래 〈굿바이 옐로 브릭 로드 Good-bye Yellow Brick Road〉를 발표한다. 빌 보드 싱글 차트 2위에 오를 만큼 히트한 이 곡의 가사는 엘튼 존 자신의 다짐이기도 하다.

노란 벽돌 길이여, 안녕
속세에 찌든 개들이 짖어대는
너의 펜트하우스에 날 가둘 수는 없어
난 고향으로 돌아갈 거야

에메랄드 시티를 연상시키는 '펜트하우스'와 '노란 벽돌 길'은 엘튼 존이 작별을 고하는 부정적 대상이다. 화려한 성공에 취한 삶과 위선에서 벗어나 초심으로 돌아가고자 하는 마음가짐이 엿보인다.

착한 마녀, 나쁜 마녀의 이분법이 깨지다

오즈의 세계관은 그레고리 맥과이어의 소설 『위키드』(1995)로 새로운 전기를 맞이한다. 도로시가 오즈에 도착하기 전 이야기를 다루면서 소수자 탄압에 대한 저항, 선과 악의 이분법에 대한 거부의 메시지를 담은 작품이다. 뮤지컬 〈위키드〉는 맥과이어의 소설을 원작으로 삼는다.

그럼에도 이 소설과 뮤지컬에는 큰 차이가 존재한다. 소설은 서쪽 마녀 엘파바가 탄생하기 전, 출생지 러시마진스의 분위기, 촌구석에서 신앙을 전파하는 유일교 목사인 아빠와 에메랄드 시티의 명문가 규수에서 시골 아낙이 된 엄마, 초록색 피부를 가진 엘파바의 탄생 비화 등을 상세히 설명한다. 뮤지컬은 그런 부분은 생략하고 엘파바와 글린다가 쉬즈 대학에 입학하는 장면부터 다룬다.

시골 분위기와 어투에 어울리는 문장력을 구사하는 소설은 엘파바의 성장 과정에 대한 이해를 돕는다. 엄마의 하룻밤 불륜으로 초록색 피부와 치아를 갖고 태어난 엘파바. 엄마는 신세 한탄을 하며 어린 딸을 괴물 취급한다.

"저 애는 딸이라기보다는 차라리 메뚜기에 가까워. 저 말라비틀어진 초록색 허벅지며 굽은 눈썹, 아무거나 쿡쿡 쑤시는 손가락 좀 보라지. (…) 이름 없는 신이여, 자비를 베푸소서. 제 딸아이는 소름 끼치는 괴물입니다. 정말 그래요."

뮤지컬은 누구에게도 축복받지 못하는 소수자 엘파바가 편견을 극복하는 모습에 초점을 맞춘다. 『위대한 마법사 오즈』에 자주 등장하는 수식어 '착한'과 '나쁜'의 이분법적 사고는 청산 대상이다. 예를 들어, 엘파바의 동생이자 훗날 동쪽 마녀가 되는 네사로즈는 휠체어를 탄 착한 사람에 불과하다. 그런 그녀가 나중에는 무서운 이기주의자로 변한다. 자신의 곁을 떠나려는 동창생인 보크에게 외친다. "내가 너를 놓아줄 것 같아? 넌 나를 사랑해야 해. 명령이야. 거역하면 주문을 걸겠어!" 네사로즈의 저주 때문에 보크는 양철 나무꾼이 된다.

이상한 모험의 출발점이 된 '먼치킨'은 한국 서브컬처에서 인기 있는 단어가 되었다. 여기서 '먼치킨'이란 주인공이 문제를 혼자 다 해결하는 사기 캐릭터를 뜻한다. 서사도식의 전개를 뛰어넘는 압도적 능력을 가진 말도 안 되는 캐릭터다. 우리는 먼치킨의 출처가 『위대한 마법사 오즈』임을 알고 있다.

오즈의 세계관은 또 어느 시대에 어떤 유행의 태풍을 몰고 올지 모른다. 그것은 상상력의 은하수이니까.

리셋,
미드가르드

"겨울이 오고 있다." HBO의 장편 판타지 드라마 〈왕좌의 게임〉(2011, 이 작품의 제목은 조지 마틴의 소설 『얼음과 불의 노래』1권 부제에서 따왔다) 전체를 압축하는 대사이자 메시지다. 중세 유럽풍의 여러 가상 국가가 벌이는 전쟁을 그린 〈왕좌의 게임〉은 북유럽신화를 바탕으로 했다는 평을 듣고는 한다. 칠왕국의 북쪽 영토를 방어하는 영주국 윈터 펠의 순찰대가 거대한 얼음성벽을 통과해 눈이 쏟아지는 어두운 숲으로 진입하고 '백귀百鬼'(White walker, 좀비족의 일종)에게 난자당하는 사건이 드라마 첫 장면임에도 불구하고, '얼음과 불의 노래'라는 원작 제목만으로 북유럽신화의 세계관이 떠오르는데 이는 우연이 아니다. 천지창조 순간부터 세상 북쪽은 얼음의 공간인 니플헤임, 세상 남쪽은 불의 공간인 무스펠

헤임으로 나뉘어 있었기 때문이다. "겨울이 오고 있다"라는 대사 역시 심상치 않은 단서다. 북유럽신화에 근거한 것을 전제로 할 때, '겨울'이라는 단어를 세상의 종말을 뜻하는 고대 노르드어 '라그나로크'로 교체하면 의미가 좀 더 심오하게 도드라진다. "라그나로크가 오고 있다…."

북유럽신화의 종말론적 세계관을 상징하는 단어 라그나로크Ragnark는 더 정확하게는 '신들의 황혼', '신들의 파멸'을 가리킨다. 고대 노르드어로 신을 뜻하는 '레긴regin'의 복수형과 황혼, 파멸을 뜻하는 '로크rk'의 합성어다. 8~12세기 유럽 전역을 습격한 바이킹족은 이 당시에도 라크나로크를 굳게 믿었다. 역사학자 토머스 칼라일이 북유럽신화를 "가장 최근의 신화"라고 지칭한 이유다. 라그나로크의 주연인 오딘, 토르, 발데르, 로키 등은 바이킹의 숭배를 받던 신들이었고, 북유럽신화는 1220년대 아이슬란드 시인 스노리 스툴루손의 산문집 『에다』를 통해 체계화되었다.

얼음, 설원, 한파, 눈보라, 오로라, 백야의 환경에서 빚어진 북유럽신화의 세계관은 현대에 들어, 특히 판타지에 열광하는 대중문화 장르에서 위세를 떨치고 있다. 〈왕좌의 게임〉을 비롯해 바그너의 오페라 〈니벨룽겐의 반지〉(1876), 소설 『반지의 제왕』(1954), 만화·영화 〈토르〉 등 수많은 대작이 북유럽신화를 자양분으로 삼아 태어났다. 기존 세상이 멸망하고 새로운 세대에 의한 세상이 열린다는 종말론은 IT 시대에 컴

퓨터를 리셋하는 개념에 가깝다. 신들의 영원한 지배를 의심하지 않는 그리스 신화, 지구가 멸절하는 아마겟돈 등에 비해 명쾌한 해석이라 할 수 있다.

아홉 세상, 삶과 죽음을 초월한 지도

우리 인간은 중간계인 '미드가르드'에 살고 있다. 북유럽신화에 따르면 우주는 아스가르드(에시르 신들의 땅), 바나헤임(바니르 신들의 땅), 알프헤임(요정들의 땅), 미드가르드(중간 세상), 요툰헤임(거인들의 땅), 니다벨리르(난쟁이들의 땅), 스바르탈프헤임(검은 꼬마요정들의 땅), 헬(지옥), 니플헤임(죽은 자의 세계) 등 아홉 개의 세상으로 이루어져 있다. 세 개의 수평면과 아홉 세상의 축은 산문집 『에다』를 쓴 시인 스노리가 "그 가지는 온 세상에 다 뻗쳐 있고 하늘까지 닿아 있다"고 찬탄한 거대한 물푸레나무 이그드라실이다. 그 뿌리 아래의 샘 흐베르겔미르는 열한 개 강의 발원지다.

고대 북유럽인의 우주론은 공간 설정이 정교하고 복잡하다. 올림포스산을 중심으로 신들이 산다는 그리스 신화는 이에 비하면 현상계와 이데아의 이분법적 공간 개념에 불과한 듯싶다. 그것에 모호한 측면이 있음은 철학자 니체의 『비극의 탄생』(열린책들, 2014)에서도 드러난다. 그리스인을 이상적인 인간형으로 바라본 니체는 "그리스인들은 삶의 공포와 전

율을 알고 있었고 느낄 수 있었다. 요컨대 살기 위하여 그들은 올림포스라는 꿈의 산물을 만들어내야 했다. (…) 신들은 그들 스스로 인간적 삶을 살아감으로써 인간의 삶을 긍정했다. 이것만으로 충분히 그리스 신들의 존재가 정당화될 수 있다"는 견해를 밝힌 바 있다. 즉, 그리스 신화는 공간보다는 캐릭터성에 중점을 두고 있다고 볼 수 있다.

고대 북유럽인의 놀라운 공간 감각을 더 확인할 필요가 있다. 용, 뱀, 벌 등 각종 동물에게 양분을 아낌없이 제공한 이그드라실은 라그나로크에 임박해 떨면서도 그 안에서 최후의 남녀 한 쌍, 리프와 리프트라시르를 보호해 새 세상을 열도록 한다. 아스가르드와 미드가르드는 '떨고 있는 길'이라는 뜻을 가진 무지개다리 비프로스트로 연결되어 있고, 아스가르드와 거인들의 땅인 요툰헤임은 절대로 얼지 않는 이빙 강이 흘러 자연스럽게 경계 지어진다.

아홉 세상의 최고 영역인 아스가르드에 대한 공간 설정도 뛰어나다. 그곳에는 최후의 결전인 라그나로크를 대비하는 죽은 전사들의 영혼인 에인헤랴르와 신들이 거주하는 거대한 궁전 발할라가 존재한다. 최고 신 오딘은 아홉 세상의 모든 생물이 오가는 것을 볼 수 있는 용상 흐리드스칼프에 앉아 있다. 로키가 오딘의 아들 발데르를 죽게 만들고 도망쳤으나 붙잡힌 것도 흐리드스칼프의 천리안을 피할 수 없었기 때문이다. 사방으로 570킬로미터 뻗어 있는 라그나로크의 전장인 비그리드 평원도 아스가르드 땅에 있다. 오딘과 늑대 펜리르, 토르와 왕뱀 요르문간드, 헤임달과 로키, 전쟁의 신 티르와 지하세계의 개 가름이 일대일로 싸워 서로를 죽이고 잠든다는 평원이다.

우리가 생각하는 지옥은 로키의 막내딸 헬이 다스렸다. 미드가르드에서 지하로 9일을 달려가야만 도착하는 죽은 자들의 세상인 니플헤임 너머, 멸망으로 떨어지는 암벽 뒤에 방벽을 통과하고도 두 개의 커다란 문을 지나야 그녀의 거처인 엘류드니르에 도달할 수 있었다.

고대 북유럽인의 남다른 공간 개념은 어디서 온 것일까? 그들에게는 1년의 절반은 낮이 겨우 몇 시간만 지속되고, 인근 농가까지 가려면 하루를 꼬박 달려야 할 만큼 고립되고 열악한 자연환경이 주어져 있었다. 그곳은 손만 뻗으면 달콤한 과일을 따 먹을 수 있는 공간이 아니었다. 생존하려면 공간에 대해 면밀히 이해해야 했다. 또한 바이킹의 장자상속법 체제에서 차남 이하의 아들들은 해외로 진출해 자신의 재산을 스스로 만들어내야 했다. 원정을 준비하는 바이킹은 뛰어난 선박 제작술, 항해 기술을 갖추고 점찍어둔 다른 국가와 지형을 살피고 연구했다. 타인의 영토를 급습해 빼앗아야 하는 그들에게 매번 전쟁은 삶과 죽음의 확률이 반반인 모험이었다. 그들은 죽음을 두려워해서는 안 되는 전사였다. 죽는다면 오딘과 발키리에의 결정과 인도를 받아 발할라궁에 거주하는 에인헤

랴르의 일원이 된다고 믿었다. 그들이 발 디딘 궁핍한 땅 바깥 세계에 대한 관심과 그 필연성은 삶과 죽음을 초월한 아홉 세상의 지도를 그려내는 동기가 되었을 것이다. 그리고 그들의 숙명적 세계관, 다양한 종족(신, 거인, 괴물, 요정, 난쟁이 등)의 공존과 투쟁에 대한 인식은 그대로 현대 판타지 작품의 축을 이루는 이그드라실이 되었다.

불타는 아스가르드

라그나로크가 도래하고 아스가르드가 잿더미로 변하는 것은 최고 신 오딘조차 알면서도 막을 수 없는 운명이었다. 죽은 자들의 손톱으로 만든 배 나글파르를 타고 거인족과 괴물들이 아스가르드로 진격하고, 거인 수르트가 아스가르드, 미드가르드, 요툰헤임, 니플헤임 등 모든 세상을 불태워버린다. 라그나로크의 최후에 대해 케빈 홀런드가 저술한『북유럽 신화』(현대지성, 2016)에서는 다음과 같이 묘사한다.

갈가리 찢겨진 태양은 어두워지고 하늘에는 별이 하나도 남아 있지 않을 것이다. 대지는 그대로 바다 속으로 가라앉게 될 것이다.

그토록 무시무시한 라그나로크와 그 무대인 아스가르드는 사람들에게 제법 친숙한 공간이 되었다. 마블 시네마틱 유니버스(MCU)에 편입된 후로 영화 〈토르〉와 〈어벤져스〉 시리즈를 통해 새롭게 재현된 덕분이다. 그중 〈토르: 라그나로크〉(2017)는 라그나로크 사건을 정조준했다. 토르가 라그나로크를 막기 위해 수르트를 처치하고 그 왕관을 빼앗지만, 오딘의 큰 딸이자 지옥의 여왕인 헬라가 부활하면서 라그나로크는 막을 수 없게 된다.

MCU는 자신의 세계관에 편리하도록 북유럽신화의 계보에 손을 댔다. 헬라(헬)는 신화에서 로키의 세 자식 중 펜리르, 요르문간드에 이어 막내인데, 영화에서는 오딘의 큰 딸이자 토르의 누나가 된다. 신화에서 오딘의 의형제인 로키는 영화에서 오딘의 입양아이자 토르의 동생으로 전락한다. 신화에서 거인족과 괴물들을 이끌고 아스가르드를 침공하는 로키가 영화에서는 토르와 힘을 합쳐 헬라에 맞선다.

영화는 라그나로크와 관련해 새로운 공간을 선보였다. 바로 사카아르 행성이다. 이곳에서는 오딘을 섬기는 여전사로 용감한 전사들의 영혼을 천계로 인도하는 발키리가 '스크래퍼142'라는 인간 사냥꾼으로 정체를 숨기고 산다. 과거 헬라와 대적했다가 겨우 살아난 발키리가 사카아르에서 검투사로 전락한 토르와 헐크를 구한다.

새로운 인물과 공간, 비하인드 스토리 덕분에 아스가르드는 난장판이 되어버린다. 헬라 진영과 토르 진영이 맞붙은 장소는 무지개다리 비프로스트였다. 거대한 늑대 펜리르와 헐크가 비프로스트 위에서 격투를 벌이다가 물속으로 추락한다. 토르가 데려온 사카아르 행성의 검투사들과 발키리가 헬라의 군단과 격돌한다. 그럼에도 헬라에게는 역부족이다. 로키가 수르트를 부활시키고, 수르트는 헬라와 아스가르드를 불태운다.

신들의 오랜 터전이 사라졌다. 토르는 절망할 것인가. 그는 아스가르드인을 태운 우주선에서 아스가르드의 왕으로 등극하며 말한다.

"아스가르드는 장소가 아니라 백성이다."

아스가르드인이 서 있는 곳이 곧 아스가르드이며, 백성이 있는 한 아스가르드는 재건될 수 있다는 뜻이다. 멸망은 실현되었지만 새로운 세계가 재건될 것이라는, 라그나로크에 대한 멋진 재해석이다. 이와 함께 흐르는 사이버펑크 음악이 우울함을 걷어 간다. 또한 이 작품 덕분에 〈토르: 다크 월드〉(2013), 〈어벤져스: 에이지 오브 울트론〉(2015), 〈어벤져스: 인피니티 워〉(2018)의 스토리가 유기적으로 연결된다.

건설을 위한 파괴?

그리스 신화와 북유럽신화를 혼합해 라그나로크를 재해석

하는 시도도 있었다. 김진은 만화『신들의 황혼』(1993)에서 그리스 신화의 전쟁 신 아레스를 내세웠다. 아레스는 "올림포스의 신들은 낡았어"라고 규정하며 지구를 멸망시키고 새로운 세계를 만들고자 한다. "건설을 위한 파괴"라는 명분이다. 아레스는 지옥을 찾아가 자신을 막는 헬, 펜리르, 요르문간드를 제압한다.

아레스의 분신은 여러 형태로 흩어져 있는데, 그중 하나가 소녀 지수다. 오빠를 아끼는 지수는 자신이 분신임을 알면서도 아레스를 막는다. 결국 사랑이 라그나로크의 도래를 막아낸다.

남성들의 DNA에 각인된 사냥과 투쟁 본능이 사라지지 않는 한 북유럽신화는 앞으로도 많은 가상의 판타지 세계와 지도를 쏟아낼 것이다. 한편으로 라그나로크를 둘러싼 북유럽신화의 통찰력은 놀라운 면이 있다. 현실에서 지구의 여섯 번째 종말(공룡의 멸종이 다섯 번째)을 예감하며 살아가는 우리에게 라그나로크의 신화가 더욱 의미심장하게 다가오는 것도 사실이다.

인간의 욕심으로 미드가르드가 리셋될 시간이 다가오고 있다.

나만의
무인도

"무인도에 홀로 버려지는 백일몽에는 여전히 강렬한 매력이 깃들어 있다." 소설가 J. G. 밸러드의 고백이 가리키는 끝에는 기인奇人 로빈슨 크루소가 발자국을 남긴 섬의 백사장이 펼쳐진다. 소설『로빈슨 크루소』(1719)의 환상은 파도에 잘게 부스러진 산호처럼 독자들의 기억 속에서 평생 반짝거린다.

18세기 영국 소설가 다니엘 디포의『로빈슨 크루소』가 일으킨 무인도 표류기라는 센세이션은 21세기 유튜브 채널의 한 장르가 된 '생존survival' 프로그램 형식으로 밀려든다. "『성경』다음으로 가장 많은 나라의 언어로 번역된 책"(옥스퍼드 국립인물사전)이라는 이 작품의 수식은 허황된 것이 아니다. 『로빈슨 크루소』만큼 노골적인 모방작을 쏟아낸 작품은 드물다.

게리 덱스터의 『왜 시계태엽 바나나가 아니라 시계태엽 오렌지일까?』(현대문학, 2019)는 유럽 전역에서 출간된 수백 권의 '로빈슨계 작품'을 추적했다. 이에 따르면 『독일의 로빈슨』(1722), 『미국의 로빈슨』(1724), 『북유럽의 로빈슨』(1741), 『네덜란드의 로빈슨』(1743), 『덴마크의 로빈슨』(1750), 『발헤런의 로빈슨』(1752), 『몰디브의 철학자 로비네』(1753), 『노소老少 로빈슨』(1753), 『아이슬란드의 로빈슨』, 『하르츠의 로빈슨』, 『레바논 산맥의 로빈슨』(이상 1755), 『헤이그의 로빈슨』(1758), 『남방의 로버트슨』(1766), 『슈타이어마르크의 로빈슨』(1791), 『보헤미아의 로빈슨』(1796) 등이 해당한다.

오리진 격인 『로빈슨 크루소』 다음으로 모방작 중 영어권까지 유명세를 가장 많이 떨친 작품은 스위스 목사 요한 다비드 비스가 지은 『스위스의 가족 로빈슨』(1812)이다. 그럼에도 이 작품들 어디에도 '로빈슨'이라는 사람은 등장하지 않는다는 점은 특기할 사항이다.

모방작 정도가 아니라 '로빈슨계' 작품으로 변주의 스펙트럼을 넓히면 『모로 박사의 섬』(1896)과 『파리대왕』(1954)에서부터 SF 드라마 〈로스트 인 스페이스〉(1965)까지 들어온다. 또 그로부터 파생된 작품의 제목까지 따지자면 지면이 부족해 걱정해야 할지도 모른다.

『로빈슨 크루소』를 수많은 무인도 표류기의 오리진으로 특정하기 어려운 부분이 있다. 논픽션 체험기 형식을 갖춘 소설속 로빈슨 크루소의 출생(영국 요크) 시점은 1632년, 모험의 시작은 1651년이다. 『로빈슨 크루소』의 출간 시점은 1719년이지만, 디포가 이 작품의 결정적 자료를 손에 넣은 것은 1713년이었다. 1704년 남미대륙을 항해하다 명령 불복종으로 남태평양 무인도에 버려진 스코틀랜드 선원 알렉산더 셀커크의 무인도 표류 수기가 그것이었다. 셀커크가 무인도에서 홀로 견뎌낸 기간은 4년 4개월. 디포는 1713년 영국 항구도시 브리스틀에서 셀커크를 직접 만나 수기를 구입했다. 따라서 셀커크의 수기를 『로빈슨 크루소』의 오리진으로 보아야 할 수도 있다.

그 점을 제외하면 영어로 발표된 최초의 근대소설로 꼽히는 『로빈슨 크루소』는 오리진 대접을 받을 만한 요소가 충분하다. 인상적으로 긴 이 작품의 원제도 그중 하나다. '요크의 선원 로빈슨 크루소의 삶과 기이하고 놀라운 모험들: 본인을 제외하고 선원 전원이 사망한 난파 사고로 인해 아메리카 대륙 해안가 오루노크강 하귀 주변의 무인도에서 28년 동안 혼자 살았던 그의 이야기와 해적들 덕에 귀국하게 된 사연'이라는 제목은 상업적 감각을 가진 작가가 당시 사람들이 솔깃해 할 키워드를 다수 녹여 넣은 광고 카피인 셈이다.

로빈슨 크루소는 선원 셀커크와 달리 무역상, 기업가의 면모가 강하다. 그가 대서양과 접한 카리브해 연안의 무인도에서 홀로 지낸 기간은 28년, 충복 프라이데이와 함께한 3년을 제외하면 온전히 홀로 산 기간은 25년이다. 셀커크의 4년 4개월 무인도 생활과는 비교할 수 없이 긴 시간이다. 작가는 왜 이렇게 긴 시간을 설정한 것일까? 이 이야기는 본질적으로 무인도 탈출기가 아닌 무인도 경영기이기 때문이다.

로빈슨 크루소는 중산층 출신으로 전문직을 갖고 안락하게 생활할 수 있었다. 바다로 나가지 말라는 아버지의 부탁, 충고, 만류, 경고, 협박을 모두 귓등으로 흘려보내고 아프리카 기니 무역상의 배에 오른다. 해적에게 붙잡혀 아프리카 무어인의 노예로 지낸 2년도 빼놓을 수 없겠다. 탈출 후 포르투갈 배에 구조되어 브라질에 도착한다. 브라질 산토스만에 도착한 그는 농장을 구입하고 포르투갈 선장의 무역에 투자해 큰 수익을 남긴다. 브라질 농장 경영 4년 만에 담배 농사도 풍년이 든 덕에 재산이 크게 불어난다.

그의 아프리카 경험은 노예를 필요로 하는 주변의 브라질 농장주와 투자자 들의 이목을 끈다. 그들은 선단을 꾸려 로빈슨 크루소에게 일임하고 수익 배분을 약속한다. 방랑벽이 심한 로빈슨 크루소는 그 제안을 거부하지 못하고 노예무역 총책임자가 되어 나섰다가 무인도에 조난된다. 또다시 안락한 삶을 박찬 결과다. 로빈슨 크루소는 무인도에 완벽히 적응한

25년 차에도 "내 기질 속에 그 잘못이 너무 깊이 뿌리박고 있어 이곳을 탈출해 보려는 수단과 가능성을 끊임없이 찾고 있었다"며 빌어먹을 방랑벽을 고백한다.

소설 속에서도 언급하고 있지만 아프리카 노예무역은 스페인, 포르투갈, 영국 왕의 허락을 받아야 한다. 그것을 알면서도 로빈슨 크루소는 개인 투자자들과 무역에 앞장선다. 자본 투자, 농장 경영, 국제 무역까지 다채로운 경험을 한 이 기업가는 본격적으로 무인도 경영에 나선다. 무인도는 누구에게도 방해받지 않고 오롯하게 자신만 향유할 수 있는 영토다. 게다가 해안에 좌초된 난파선에서 총과 칼 등 무인도 생존에 필요한 문명의 이기들을 얼마든 조달할 수 있는 이상적 환경이다. 로빈슨 크루소는 물론 초창기에 고생하지만, 농사를 지어 빵을 만들어 먹고 야생 염소를 잡아 사육한다. 무인도는 문명인을 가둔 망망대해 한가운데의 감옥이 아니라, 로빈슨 크루소가 100퍼센트 지분을 가진 독립 왕국이자 기업인 것이다. '야만인' 프라이데이를 잡아 부하로 복종시킨 후 그의 기업은 더욱 번창한다.

『로빈슨 크루소』는 신성동맹 함대가 투르크 함대를 격파한 레판토 해전(1571), 스페인 무적함대(아르마다)를 상대로 한 영국 함대의 승리(1588) 등을 거치며 근대적 개인이 품은 세계 경영에 대한 꿈이라 할 수 있다. 소설 속에서 자본 투자, 국제 무역, 농장 및 기업 경영 등 경제·경영의 개념이 놀랄 만큼 구체적인 이유는 저자 디포가 『영국산업발전계획』(1728)이라는 책을 집필할 정도로 뛰어난 경제적 지식을 가진 탓이다.

'무인도＝나만의 독립 왕국'이라는 환상은 『스위스의 가족 로빈슨』에서 기이한 광채로 빛난다. 동인도 제도의 무인도에 난파한 스위스 가족은 이곳에 칼뱅주의 낙원을 건설하려 한다. 경건한 부모는 네 아들에게 훈계한다. '낙원'을 망치는 동물들에게 인정사정을 두어서는 안 된다는 것이다. "우리의 농장을 온전한 상태로 유지하려면 이놈들(살쾡이)을 가차 없이 사냥해서 죽여야만 한단다."

이 가족은 동물들의 씨를 말리듯 하여 자연을 정복하고, 질병을 박멸하고, 인간 사이의 갈등을 없앤다. 신앙의 힘으로 유지되는 이 무인도는 칼뱅주의자 가족에 의해 '신新 스위스'로 명명된다.

여기 내 땅이야

복잡하고 빠르게 변하는 현대사회에 적응하기 어려운 개인에게 무인도는 사뭇 이상적으로 보일지도 모른다. 문명화된 인간일수록 타인의 지배와 간섭을 견디지 못하는 것 아닐까. 『로빈슨 크루소』와 톰 행크스 주연의 영화 〈캐스트 어웨이〉(2000)의 혼혈쯤 되는 영화 〈김씨 표류기〉(2009)는 현대인의 심리를 적나라하게 표출한다.

2억 1030만 8000원. 영화 도입부에 신용불량자 김씨가 휴대전화로 확인한 대출 미납금이다. 확인이 끝나자, 그는 매달려 있던 한강 다리에서 떨어진다. 눈을 뜬 곳은 한강의 무인도인 밤섬. 인구 1000만 명의 대도시 서울 한가운데 무인도라니! 김씨 눈앞에 여의도 63빌딩, 국회의사당이 아른거린다.

그의 고립은 불가능한 것처럼 보이지만 현실이 되고 만다. 물 먹고 배터리까지 방전된 휴대전화로 구조를 요청해보지만 "무인도"라는 그의 말을 믿어주는 이는 없다. 자살 시도가 좌절된 후, 그는 자발적으로 무인도의 주민이 되기로 한다. 로빈슨 크루소가 농사를 지어 빵을 구워 먹듯, 김씨 역시 천신만고 끝에 (긁어모은 새똥에서 싹을 틔운) 옥수수 농사로 얻은 면으로 짜장면을 만들어 먹는다. 〈캐스트 어웨이〉에서 주인공의 유일한 친구이자 대화 상대인 배구공 윌슨과 같은 존재가 밤섬에도 등장한다. 쓰레기 더미에서 나온 오뚜기 토마토케첩 깡통을 뒤집어쓴 허수아비다. 말을 걸어도 반응 없는 깡통머리 허수아비에게 김씨는 버럭 성을 낸다. "너 요즘 부쩍 내 말 씹더라. 사춘기야?"

시간이 갈수록 밤섬은 김씨만의 왕국으로 완성되어간다. 버려진 오리 보트는 TV부터 침대까지 갖춰진 안락한 그의 거처로 거듭난다. 그를 관찰하는 여자 김씨의 존재를 알게 되면서 고립감과 외로움까지 사라진다. 채무만 가득한 그에게 이 섬을 떠날 이유는 더 이상 없어 보인다. 행복은 조난 몇 개월

만에 막을 내린다. 밤섬 청소에 나선 한강 정화 작업 요원들이 들이닥치자, 그는 졸지에 무단침입자 신세가 된다. 김씨는 자신을 끌어내리려는 이들을 향해 "여기 내 땅이야!" 하고 외친다. 인간의 소유욕이란! 얼마 전까지만 해도 상상도 못 한 입장 변화다.

나는 섬이로다

『로빈슨 크루소』의 오마주인 J. G. 밸러드의 소설 『콘크리트의 섬』(1974)을 보면 현대사회에서의 무인도라는 개념은 재정립이 필요하다. 누구나 구글 지도에서 클릭 한 번으로 남태평양 환초 지대를 검색하는 상황이고 보면, 물리적 무인도는 사실상 불가능하다. 콘크리트, 아스팔트, 유리 등의 외피로 뒤덮인 도심에 사는 현대인은 휴대전화가 먹통이라거나, 엘리베이터에 갇힌다거나, 주변 사람들에게 소외될 때, 도리어 심리적 무인도를 체감하지 않을까.

『콘크리트의 섬』은 이에 착안한 작품이다. 주인공 메이틀랜드는 영국 런던의 한 건축사무소 대표로 부유한 전문직 엘리트다. 어느 날 그의 고급 자동차 재규어가 타이어 사고로 세 개의 고속도로가 교차하는 인공 삼각주로 추락한다. 이 도심의 사각지대를 주인공은 "교통섬"이라고 부른다. 그곳의 콘크리트 벽은 메이틀랜드에게 '넘사벽'이다. 구조를 요청하러 고속도로로 올라왔다가 뺑소니차에 치여 떨어진 후 오른쪽 다리를 완전히 못 쓰게 된 중년 남자에게는 말이다. 현실을 깨달은 그는 "메이틀랜드, 이 불쌍한 놈. 로빈슨 크루소처럼 홀로 남았구나⋯. 조심하지 않으면 영원히 여기 발이 묶인 신세가 될 거야"라고 혼잣말을 한다.

인공 무인도에서 죽어가던 그가 사람을 만난 것은 사고 나흘 만이다. 교통섬에 숨어 살던 남녀 부랑자가 그를 자신들의 거처로 데려온다. 인생을 포기하고 거리의 여자로 살아가는 제인 셰퍼드, 서커스단 시절 다친 후 짐승처럼 살아가는 남자 프록터가 교통섬의 원주민이자 주인이다. 『로빈슨 크루소』의 프라이데이를 둘로 쪼갠 것 같은 이 부랑자 남녀는 부상 입은 메이틀랜드를 지배하려 한다. 수세에 몰린 주인공은 점차 전세를 역전해 그들을 지배하게 된다. 교통섬에 익숙해지자 지배자의 위치에 오른 메이틀랜드는 섬을 떠나려 하지 않는다. 그는 이 교통섬과 자신이 하나가 됐음을 느낀다. "나는 섬이로다"라는 혼잣말에는 현실 세계의 모든 관계에서 벗어난 쾌감의 맥락까지 깃들어 있다. 또한 무인도는 현대인 각자의 삶에서 방치된 모순의 사각지대를 가리키기도 한다. 번듯한 전문직이지만 아내와 애인 사이에서 이중생활을 하는 메이틀랜드에게 제인 셰퍼드가 직격탄을 날린다.

"그러는 당신은 왜 인생을 바로잡지 않는 건데? 망가진 부분이

나보다 훨씬 많으면서. 당신 아내에, 그 여의사에…. 여기 불시착하기 한참 전부터 무인도에 살고 있었던 주제에."

삶에서 방치된 지점, 그것은 나 자신만 알고 있다. 입이 쩍 벌어질 연봉이든 수천 명을 거느리는 지위든 상관없이, 현대인 누구나 자신이 해결할 수 없는 부분이 있다. J. G. 밸러드는 그것을 "무인도"라고 지칭한다.

무인도가 이처럼 다양하게 해석될 수 있다는 점이 놀랍다. 향후에도 무인도 표류기에 대한 뛰어난 변주와 해석이 나올 것은 자명하다. 무인도를 물리적 공간에 국한하지 않는다면, 어느 시대이든 그것은 조난자들을 기다리고 있을 테니까.

2

소외된
캐릭터

여성만의
왕국

　여전사 집단 '아마조네스Amazones'는 수많은 부족 중에서도 가장 특이하다.

　남성과 동등한 힘(무력)을 가졌으며 여성만으로 이루어졌다는 이 전설적 부족의 기원은 그리스 신화에서 찾을 수 있다. '아마존'이라는 명칭에는 두 가지 설이 있다. 첫 번째는 활을 당기기 쉽도록 오른쪽 유방을 떼어내고 태웠다는 의미로 '젖이 없다'는 설이며, 두 번째는 수렵생활을 하기 때문에 빵을 만들지 않아서 붙여진 명칭이라는 것이다. 그들이 실존했는지, 신화가 만들어낸 가상의 존재인지에 대해서는 의견이 분분하다.

　남자아이를 기르지 않는 아마조네스는 먹고, 자고, 짝짓기하는 방식에 근거한 인류의 생존 메커니즘을 근본적으로 거부했다는 점에서 전 세계 유일무이한 부족이다. 저서 『슬픈 열대』(한길사, 1998)에서 "인간의 의식구조가 무의식적이고 보편적"이라는 가정하에 인류는 호혜성의 원칙에 따라 부족 간 결혼(남성과 여성의 교환)을 통해 혈족을 이루어왔다는 문화인류학자 레비스트로스의 설명에서 벗어나 있는 집단이었다.

아마조네스의 존재는 부계사회인 고대 그리스인들에게 매우 충격적이었다. 트로이 전쟁 당시 트로이 측에 가담했으며 아테네를 무력 침공했다는 아마조네스는 그리스인들에게 두려움을 안겨주는 동시에 에로틱한 매혹을 선사한 집단이었다. 아마조네스의 이야기 혹은 신화는 후대 예술 작품의 오리진으로서 변주돼왔고, 원더우먼 캐릭터의 모태가 되어 대중문화에도 상당한 영감으로 작용했다.

아킬레우스, 헤라클레스, 테세우스와 처절한 싸움

원시시대 때부터 여성은 생물학적으로 남성에 비해 사냥을 위한 근력이 부족한 탓에 채집, 육아, 가정일을 맡아왔다. 아마조네스는 그러한 성性 역할을 당연하게 받아들이지 않았다. 그러나 고대는 폭력과 야만의 시대였다. 무력을 갖지 못한 개인 혹은 집단은 더 강한 폭력에 자원을 약탈당하거나 자유를 빼앗겼다. 여성만의 독립 집단을 유지하기 위해서는 남성과 동일하거나 이를 넘어서는 무력을 갖추어야만 했다.

그리스 변방인 흑해 부근의 터키, 이란, 우크라이나 영토 등에 산재한 것으로 추정되는 아마조네스는 전쟁의 신 아레스의 자손임을 과시하며 그를 군신軍神으로 섬겼다. 또한 사냥과 궁술을 관장하는 아르테미스는 아마조네스에 의해 순결과 여성의 힘의 여신으로 숭배를 받았다.

아레스와 아르테미스의 보호를 받으며 (혹은 아레스의 친딸로서) 아마조네스 왕국을 이끈 여왕은 펜테실레이아, 히폴리테다. 히폴리테의 동생 안티오페도 이름난 아마조네스 전사였다. 이들 삼인방이 아마조네스의 전성기를 이끈 리더였다.

그들은 여성만의 왕국을 유지하기 위해 극단적 삶을 살아야 했다. 전투력 극대화를 위해 자신의 유방을 잘라내는 것은 기본이고, 남자아이를 낳으면 무조건 죽였다. 이웃 국가의 남성을 납치해서 노예로 부리든가, '정자 제공자'로 활용한 후 죽였다. 도망치려는 남성 노예를 벌거벗긴 후 나뭇가지에 한쪽 발만 묶어 거꾸로 매달아놓고 활로 쏘아 죽인다는 소문은 고대 남성들을 두렵게 했을 것이다.

불행하게도 아마조네스는 아킬레우스, 헤라클레스, 테세우스 등 초인적 힘을 갖춘 남성 영웅들의 진귀한 전리품 목록에 올랐다. 펜테실레이아, 히폴리테, 안티오페 모두 결과적으로 희생양이 되었다. 빼어난 미모와 전투력을 갖춘 펜테실레이아는 자신의 실수로 인한 죄를 씻어준 트로이왕 프리아모스를 도와 동료들을 이끌고 트로이 전쟁에 참전하여 수많은 그리스인을 죽였다. 아마조네스는 그리스 진영에서 공포의 대상이 되었지만, 펜테실레이아는 그리스 영웅 중에서도 최고 '상남자' 아킬레우스에게 목숨을 잃었다.

19세기 초 극작가 하인리히 폰 클라이스트는 『펜테실레이아』(1808)를 통해 이 사건을 예술적으로 변주해냈다. 이 작품은 전쟁보다는 남녀 영웅의 인간적 고뇌, 비극적 사랑에 초점을 맞추었다. 아마조네스의 여왕과 그리스 최고 영웅이 조우한 곳은 물러설 수 없는 전장이다. 그들은 곧 서로에게 매혹되지만 자신의 진영을 위해 상대를 죽여야만 하는 잔인한 운명을 깨닫는다. 펜테실레이아는 하늘을 향해 한탄한다.

"내가 전쟁터에서 싸움으로 그(아킬레우스)의 환심을 사야만 하는 것이 내 죄인가? 내가 그에게 검을 들이대며 무엇을 원하는 것인가? 그를 지하 세계로 보내 버리려는 것인가? 나는 다만 그를, 영원한 신들이시여, 이내 품속으로 끌어당기려는 것이다!"

전쟁과 자존심의 냉혹한 논리가 두 사람의 연분을 끊어버린다. 아킬레우스 역시 펜테실레이아의 죽음에 진심으로 애통해했음을 호머의 『일리아스』가 지적한 바 있다.

괴테는 펜테실레이아에 대해 "낯선 영역에서 활동하는 기이한 종족 출신의 여성"이라며 거부감을 나타냈다. "친해질 수 없는 여성"이라는 것이 대문호의 최종 결론이었다. 그럼에도 『펜테실레이아』는 오스트리아 작곡가 후고 볼프의 교향시, 스위스 작곡가 오트마르 쉐크의 오페라 등으로 재탄생했다.

여왕 히폴리테 역시 헤라클레스 아홉 번째 과업의 대상이 됐다. 헤라클레스가 과업으로 가져가려고 여왕의 띠를 요구하자, 히폴리테는 그것을 순순히 내주려 했다. 영웅의 과업을 방해하려는 헤라의 개입으로 오해가 생겨 양측은 싸움을 벌였고, 헤라클레스는 히폴리테를 죽여 띠를 빼앗아갔다고 한다. 또 다른 설에 따르면 헤라클레스와 동행한 영웅 테세우스가 히폴리테 혹은 동생 안티오페를 그리스로 데려갔다고 한다. 아마조네스는 여왕을 구하기 위해 아테네를 침공하기까지 했다. 히폴리테는 테세우스와의 사이에서 히폴리토스를 낳았지만 결국 버림받았다.

아마조네스의 적이 된 아레스

그리스 신화에서 이토록 강한 인상을 남긴 아마조네스는 그 후 어떻게 된 것일까? 누구도 전설적 활약을 펼친 여성 부족의 다음 이야기를 전해주지 않았다.

그 궁금증에 현대적 스토리텔링으로 답을 한 것이 여성 히어로 원더우먼이다. 미국 DC엔터테인먼트사는 '원더우먼이 아마조네스 여왕 히폴리테의 딸이었다'고 설정하며 아마조네스 왕국을 자사의 슈퍼히어로로 세계관에 편입시켰다. 아마조네스 여왕의 후계자 원더우먼의 활약은 만화에서 드라마, 영화로 확장됐다. 2017년 한국에서 개봉한 영화 〈원더우먼〉(워너브라더스픽처스 제작)은 수천 년간 베일에 싸여 있던 아마조네스 왕국의 실체를 아름답게 펼쳐 보였다.

영화 속 아마조네스 왕국은 '데미스키라'라는 외딴 섬에서 존속하고 있다. 제우스가 인간의 눈에는 보이지 않도록 장막을 친 그곳은 여성들만 살아가는 유토피아다. 그리스 신화가 죽었다고 전한 여왕 히폴리테, 동생 안티오페가 살아 있을 뿐만 아니라, 원더우먼이 될 어린 다이애나가 여전사로 무럭무럭 크고 있다. 여전사들은 그림 같은 자연과 바다에 둘러싸인 채 검술이나 궁술을 연습하며 평화롭게 지낸다.

스토리는 시쳇말로 '혼종'이다. 갑자기 독일 전투기 한 대가 데미스키라 해변에 추락하고, 아마조네스와 독일군이 교전한다. 아마조네스는 독일군에 승리를 거두지만 그 과정에서 안티오페가 다이애나에게 날아드는 총알을 대신 맞고 죽는다. 아마조네스 왕국의 숨겨진 비밀이 드러난다. 전쟁의 신 아레스가 절대악이며, 제우스가 죽으면서 아레스의 폭주를 막기 위해 이 세상에 남겨놓은 장치가 아마조네스 왕국과 무기 '갓킬러Godkiiler'라는 것이다. 알고 보니 아마조네스는 지구의 평화를 지키는 사명을 제우스에게 부여받은 종족이다.

아레스를 죽일 수 있는 검 갓킬러의 주인이 된 다이애나는 제 1차 세계대전을 배후에서 조종하는 아레스를 죽이기 위해 전장으로 향한다.

그리스 신화에서도 아레스가 좋지 않은 이미지인 것은 사실이다. 흉포하고 허풍선이에 바람둥이 기질까지 농후했다. 아프로디테와 바람을 피우다가 그녀의 남편 헤파이스토스가 설치한 그물에 걸려 벌거벗은 채로 신들의 구경거리가 됐다. 옳고 그름을 따지지 않고 전쟁을 위한 전쟁에 몰입한 '전쟁광'이기도 했다. 그럼에도 '아레스가 절대 악'이라는 〈원더우먼〉의 설정은 과하다. 〈원더우먼〉은 그리스 신화의 세계관을 새롭게 설계된 DC 유니버스의 기초 자료 정도로 본 듯하다. 그런 의미에서 히폴리테의 딸 다이애나가 프랑스 루브르박물관 큐레이터로서 〈배트맨〉의 억만장자 브루스 웨인의 친구가 되어 있어도 이상할 것이 없다.

아마조네스 왕국은 코카서스 산중에

아마조네스 잔존 세력의 이야기를 다룬 작품으로는 2019년 발표한 웹소설 『일만 년의 전사들: 아마조네스』를 들 수 있다. 내가 이 웹소설을 쓰게 된 동기는 아마조네스가 신화의 존재가 아니라 이 세상 어딘가에 있을 수 있다는 가정 때문이었다. 알렉산더 대왕 시대를 전후로 세계를 지배하는 것은 제국이었다. 소국인 아마조네스 집단은 제국과의 충돌을 피해야만 독립이 가능했을 것이다. 2004년 이란 북부에서 여전사 집단의 유해가 발굴된 점을 근거로, 나는 코카서스(흑해와 카스피해 사이에 동서로 뻗은 해발 5000미터급 산맥)의 험난한 산중에 아마조네스의 후예가 왕국을 건설했을 것이라는 상상을 펼쳤다. 코카서스는 프로메테우스가 벼랑에 결박돼 독수리에게 간을 쪼아 먹혔다는 장소다. 『일만 년의 전사들』에서 여왕 카산드라는 노예로 잡아 온 천주교 신부에게 아마조네스가 만년설이 바라보이는 곳에 자리 잡게 된 과정을 설명한다.

"우리 일족은 모두가 포기한 척박한 땅, 카프카스의 고지대로 계속 이동해야 했다. 몽고의 기마부대가 얼마나 무식하고 잔인한지는 역사책에서 읽어서 알고 있겠지? 몽고는 카스피해 위쪽인 사라이에 킵차크 한국을 세웠다. 카프카스 지역은 몽고가 손만 뻗으면 닿는 거리이지. 아마존 일족이 아무리 용맹하다고 하지만 그 잔인한 몽고 놈들을 극복할 순 없었다. 아마도 맞서 싸웠다면 우리는 전멸했겠지."

이곳의 아마조네스는 게릴라처럼 남자 노예를 잡아다가 노동을 시키고 씨를 받아 왕국을 유지한다. 남성의 잔혹함, 폭력성에 치를 떤 여성들이 21세기에 자신의 오랜 관습을 유지하면서 살아가려다 보니 고립은 더욱 깊어질 수밖에 없다. 아마조네스 여왕 카산드라의 고민은 여기에 있다.

　페미니즘이 강화되면서 아마조네스 신화는 새롭게 조명받을 여지가 크다. 물리적 폭력이 권력이 될 수 없는 세상이 온 만큼 여성만의 작은 집단은 사회적 실험 형태로도 실현 가능하지 않을까. 그 전에 남성과 여성이 전적으로 동등한 존재라는 점을 인정하는 것이 우선일 테지만.

가장 저렴한 노동자의 역설

"노동은 살아 있고 새롭다!"

러시아 10월 혁명 다음 해인 1918년, 혁명의 선두에 선 시인 블라디미르 마야콥스키는 시 「시인-노동자ПоэтРабочий」를 통해 외쳤다. 붉은 혁명으로 천지가 개벽하며 노동자의 세상이 열렸다. 시인에게 노동은 새 시대를 힘차게 이끌어갈, 인류를 파라다이스로 안내할 혁명의 엔진이었다.

동시대 체코 문학가 카렐 차페크는 혁명의 가장 중요한 이슈 중 하나인 노동을 다른 관점에서 바라보았다. '카인 이후로 인간은 고단한 노동의 굴레에서 벗어나지 못하고 있다. 만약 기계가 인간의 노동을 대신한다면 어떤 일이 일어날 것인가? 그 세상은 과연 파라다이스일까?'라는 문제의식에서 한 편의 희곡을 썼다. 그 작품이 1920년 발표한 『로숨의 유니버설 로봇』이다.

이 작품이 중요한 것은 인간을 창조주의 반열에 올려놓은 '로봇robot'이라는 단어가 처음 사용된 텍스트라는 점이다. 이 단어는 노동, 일을 의미하는 슬라브어 '라보따(Работа)'를 변형시킨 것이다. 라보따의 동사형은 '라보따찌(Работать)'다. 따라서 로봇은 노동하는 존재를 가리킨다고 할 수 있다.

『로숨의 유니버설 로봇』에는 향후 로봇 스토리텔링을 파생할 여러 갈래의 씨앗(주제의식)이 촘촘하게 박혀 있다. 로봇이 소재인 현대의 수많은 SF 작품은 『로숨의 유니버설 로봇』의 테제 혹은 안티테제일지 모른다. 로봇은 근대기술 문명의 폐해, 자본주의 원칙인 '저비용, 고효율' 추구에 대한 차페크의 경고와 함께 인류사 전면에 등장했다.

인간이 로봇보다 뛰어나지 않다면

『로숨의 유니버설 로봇』의 로봇은 영화 〈금지된 행성〉(1956)의 로비, 〈스타워즈〉(1977)의 R2D2나 C3PO, 〈바이센테니얼 맨〉(1999)의 앤드류, 〈캡틴 아메리카: 시빌 워〉(2016)의 비전 같은 금속형이 아니다. 로봇 생산기지인 로숨 섬의 유니버설 로봇 공장은 감정이 없을 뿐, 외모와 언어 구사력으로는 인간과 구분할 수 없으며 살갗을 가르면 피를 흘리는 사이보그형 노동자를 생산해낸다. 영화 〈가위손〉(1990)에서 제작자가 마무리를 제대로 못 해 가위손을 달고 있는 사이보그 에드워드보다 완성도가 높으며, AI 연구가 한창인 4차 산업혁명 시대에는 도달할 수 없는 미래 완성형 로봇이다.

카렐 차페크가 '로봇 창세기Genesis'라 할 수 있는 『로숨의 유니버설 로봇』에서 감정 없는 사이보그를 내세운 이유는 로숨 유니버설 로봇 공장에 붙은 포스터 문구에서 잘 드러난다. "로숨의 로봇은 가장 저렴한 노동자입니다!" "최신 발명품인 열대지방용 로봇, 한 대에 150달러." "로숨에서 로봇을 주문하세요! 생산비를 줄일 수 있습니다!"

인간과 똑같은 형태를 한 로숨의 로봇은 인간 세계에 편입된 가장 저렴한 노동자일 뿐이다. 저비용, 고효율을 모토로 이윤 창출이 지상과제인 기업이 판매하는 산업 노예다. 18~19세기 제국주의 시대에 아메리카 및 유럽 대륙으로 잡혀 와 농지와 공장에 투입된 흑인 노예들과 다를 바 없다.

이 작품에서 CEO인 도민이 운영하는 로숨사는 로봇 판매로 전 세계에서 가장 많은 현금과 수표 5억 2000만 달러를 보유하고 있다. 21세기로 치면 굴지의 글로벌기업 아마존, 애플, 테슬라 등인 셈이다. 도민과 그의 스태프들은 탐욕과 로봇 이상론이 일군 성공 앞에서 축배를 든다.

노동 해방과 로봇에 대한 부당한 대우는 곧 지구를 종말로 몰아넣는다. 도민과 그의 스태프는 로봇을 인간보다 하등하며 "팔고 사는 것"으로만 취급할 뿐이다. 알고 보니 로봇들의 생각은 정반대다. 로봇의 집단 반란을 이끈 로봇 라디우스와 도민의 아내 헬레나의 대화는 인간의 생각이 오만과 착각임을 보여준다.

헬레나: 왜 우리를 미워하는 거예요?
라디우스: 당신들은 로봇과 다릅니다. 당신들은 로봇처럼 능력이 뛰어나지 않습니다. 로봇은 뭐든 할 수 있지만, 당신들은 명령만 내릴 뿐이지요. (…) 나는 인간들의 주인이 되고 싶습니다!
헬레나: 제정신이 아니군요!

라디우스가 이끄는 로봇들은 로숨의 유니버설 로봇 공장을 포위한다. 도민과 그의 스태프는 고압 전류가 흐르는 울타리로 잠시 로봇의 진군을 저지하지만, 그들의 최후는 시시각각 다가온다. 이 회사 영업이사 부스만이 회사 금고에서 꺼낸 5억 2000만 달러를 들고 로봇들에게 목숨을 구걸하지만 비참한 죽음을 맞는다. 동료인 과학자 갈 박사는 부스만의 죽음을 보며 혼잣말을 한다.

"어떤 파라오도 자네보다 많은 재산을 가지고 무덤에 들어가지는 못했다네. 5억 달러를 가슴에 품고 죽다니…. 오, 죽은 다람쥐 위에 덮인 한 줌의 낙엽 같구먼. 가엾은 부스만!"

로봇 라디우스의 말이 옳았음이 드러난다. 노동을 사랑하고 지속할 수 있는 것은 로봇이다. 반면 인간은 한 줌의 낙엽같이 연약한 존재였을 뿐이다.

CEO 도민을 비롯한 인간의 결정적 오류는 로봇이 감정을 가질 수 없다고 단언한 점이다. 그 사이 로봇은 가슴속에서 분노의 감정을 차곡차곡 쌓아간다. 결국 로봇이 살려둔 유일한 호모 사피엔스인 로숨사의 건축 담당 대표 알퀴스뜨가 로봇이 인류를 대체하는 새로운 종임을 선언하며 극은 막을 내린다. 가장 저렴한 노동자의 역설이다.

로봇 반란과 인류 멸망이라는 충격적 결말은 로봇에 대한 경계심을 촉발했다. 톨스토이 소설을 원작으로 한 무성영화 〈아엘리타〉가 1924년 등장해 관객들을 찜찜하게 했다. 프랑츠 랑 감독의 영화 〈메트로폴리스〉(1927)에서는 금속성 외피를 지닌 여성 로봇 마리아가 노예 반란을 주도하며 불안한 시대의 아이콘으로 떠올랐다.

아이작 아시모프는 1942년 소설 『런어라운드』에서 '로봇 3원칙'(첫째, 로봇은 인간을 해치거나 인간에게 해를 끼쳐서는 안 된다. 둘째, 로봇은 인간이 내린 명령이 첫 번째 원칙에 위배되지 않는 한 복종해야 한다. 셋째, 첫 번째와 두 번째 원칙을 위배하지 않는 한 로봇은 자기 자신을 지킬 수 있다)을 발표하기에 이르렀다.

노동 문제, 첨단 기계 도입을 둘러싼 첨예한 주제의식은

1920년대 일제 식민 치하 문인들의 시선을 끌었다. 1923년 춘원 이광수가 '인조인'이라는 제목으로 이 작품을 소개한 이후, 사회주의 계열의 카프 작가 김기진과 박영희는 인간을 자본가로 로봇을 노동자로 치환하면서 이 작품의 결말을 자본가에 대한 노동자의 승리로 해석했다.

차페크의 유산, 사이보그와 슈퍼 로봇

"기술은 선도 악도 아니다"라는 칼 야스퍼스의 말처럼, 로숨의 로봇 역시 처음에는 백지와 같은 상태였다. 차페크가 『로숨의 유니버설 로봇』에 심어놓은 또 하나의 씨앗은 인간의 첨단 기술 악용 가능성이었다. 인간보다 우수한 전투능력을 지닌 로봇이 병사로 육성된다면? 그 우려는 『로숨의 유니버설 로봇』에서도 현실이 된다. 전 세계 인간이 전멸했다는 소식을 듣고 갈 박사는 동료들에게 외친다.

"구대륙 유럽 인간들이 저지르는 일은 늘 그 모양이지! 로봇들에게 전쟁을 가르친 것도 그들 아닌가? 로봇들을 데려다 군인으로 만든 건 죄악이었다고!"

이후 로봇 병사는 데즈카 오사무의 만화 〈철완 아톰〉(1952)의 아톰, 『공각기동대』(1989)의 쿠사나기 소령, 『총몽』(1990)

의 갈리, 영화 〈로보캅〉(1987)의 로보캅 등으로 형상화됐다. 그러나 관객을 공포로 몰아넣은 로봇 병사는 영화 〈터미네이터 2: 심판의 날〉(1991)에서 은색 액체로부터 경찰까지 자유자재로 변하는 T-1000이었을 것이다.

또한 차페크는 슈퍼 로봇의 출현 가능성도 예고했다. 크기가 20미터 이상인 슈퍼 로봇은 인간에게 훨씬 더 위협적이었다. 로숨사의 CEO 도민은 "(슈퍼 로봇은) 아무런 이유도 없이 팔과 다리가 부러졌지요. 그 괴물들에게는 이 지구가 작았던 모양"이라며 "일하는 거인"의 소멸 이유를 설명했다.

슈퍼 로봇은 차페크의 우려와는 달리 온갖 SF 작품에서 외계인 혹은 악당의 침공을 막는 첨병으로 주가를 높였다. 일본에서는 소년이 리모콘으로 슈퍼 로봇을 조종하는 만화 〈철인 28호〉(1956)가, 한국에서는 로봇이 태권도를 구사하는 극장판 애니메이션 〈로보트 태권V〉(1976)가 시민을 불안감에서 해방시켜주었다.

일본은 〈철인 28호〉 이후 수많은 슈퍼 로봇을 배출한 끝에 장대한 우주전쟁을 다룬 애니메이션 〈기동전사 건담〉(1979), 〈기동전사 Z 건담〉(1985)으로 '리얼 로봇'의 시대를 열었다. Z 건담의 경우 로봇 형태에서 비행체로 변신하며, 모빌슈트는 높이 24.32미터, 무게 28.7톤으로 설정됐다. 약 25미터 크기의 육중한 기동전사들이 총을 쏘고 칼을 휘두르며 싸우는 장면은 어른들의 SF적 상상력을 충족시켰다.

또한 21세기 들어 성공한 영화 시리즈 중 하나인 〈트랜스포머〉(2007)는 사이버트론이라는 행성에서 날아온 로봇 타입의 외계생명체들(정의를 수호하는 '오토봇' 군단 대 악을 대변하는 '디셉티콘' 군단)이 지구에서 자동차 등으로 변신하며 서로 치고받고 싸우는 소란스러운 모습으로 색다른 재미를 주었다.

로봇, 가족이 되다

차페크는 『로숨의 유니버설 로봇』에서 인간과 로봇의 공존 가능성을 완전히 배제했다. 『로숨의 유니버설 로봇』에서 로봇의 역할(가장 저렴한 노동자 → 산업 노예 → 전투 병사)은 지구의 새로운 지배자로 한정 지었다.

그런 맥락에서 〈트랜스포머〉의 등장은 아주 특별했다. 트랜스포머들은 온갖 기계 형태로 지구에 숨어 지냈다. 그리하여 가장 깜짝 놀란 이는 자신의 낡은 자동차가 오토봇의 부副리더 격인 범블비였음을 알게 된 주인공 샘이었다. 둘은 티격태격하면서도 공동 운명체가 됐다.

최근 로봇은 점점 가족의 일원이 되는 모양새다. 2011년 개봉한 휴 잭맨 주연의 영화 〈리얼 스틸〉에서 고철 로봇 아톰은 전직 복서 찰리 켄튼과 그의 아들을 파산과 가족 해체로부터 구해주었다. 한국 인기 애니메이션 〈헬로 카봇〉(2013)의 카봇들 역시 꼬마 주인공 차탄의 시계에 연결된 비밀 친구로 가족 역할을 했다.

차페크의 예측과 반대로 로봇과 AI가 인간에게 더 많은 일자리를 가져다줄 것이라는 예측까지 나온다. 미국의 미래학자 토머스 프레이는 "앞으로 기술 개발이 10만 개의 마이크로 산업을 일으키고, 우리는 더 많은 일자리를 갖게 될 것"이라고 주장한다. 노동의 미래는 로봇을 대하는 인간의 태도에 달려 있다. SF 로봇물의 변주 역시 그러할 것이다.

정의 없는
세상의 증인

  바야흐로 마스크 히어로(복면 영웅)의 시대다. 마스크로 얼굴을 감춘 캐릭터들의 활약에 세상은 열광한다. 서구의 배트맨, 로빈, 플래시, 그린 랜턴(이상 DC코믹스), 스파이더맨, 캡틴 아메리카, 데어데블, 블랙 팬서, 앤트맨(이상 마블코믹스), 스탠리 입키스(영화 〈마스크〉), 브이(만화 〈브이 포 벤데타〉), 로어셰크(만화 〈왓치맨〉), 일본의 타이거 마스크, 가면라이더, 한국의 라이파이, 각시탈 등 면면이 화려하다. 어둠의 지배자 팬텀(뮤지컬 〈오페라의 유령〉), 기괴한 화장을 통해 자신의 맨얼굴을 가면화하는 악당 조커까지 포함하면 마크스 히어로의 범주와 외연에 대한 논란은 확장될 수밖에 없다.

  이들은 왜 당당하게 세상을 꾸짖지 못하는 것일까? 이들이 마스크를 쓰고, 시궁창의 쥐새끼처럼 어둠을 벗 삼아 활동하는 이유를 우리는 안다. 마스크 히어로들은 정의 없는 세상에서 태어났다고 굳게 믿는다. 이들이 맞서고 있는 상대는 이 세상을 지배하고 있는 정부, 공권력, 악덕 대기업이나 조직, 군과 용병, 또는 그들과 연결된 막강한 권력 등이다. 얼굴을 드러낸 채 그들과 맞선다는 것은 자살행위다. 불의하고 정의 없는 세상은 한 개인이 맞서기 어려운 거대한 시스템이다. 그럼에도 마스크 히어로는 온갖 박해와 고통을 견디며 순교자처럼 자신이 믿는 '사명'을 수행한다.

현대의 마스크 히어로들에게 길을 내어준 선구자가 있다. 그 이름은 '쾌걸 조로', 별명은 "학대받은 이들의 친구"다. 어떤 계보든, 마스크 히어로들은 약자를 괴롭히는 권력자들의 이마에 칼끝으로 'Z'자를 새기고 동에 번쩍, 서에 번쩍하는 검술의 달인 조로의 후예일 수밖에 없다. 앙증맞은 큰 눈을 반짝이며 칼을 휘두르는 장화 신은 고양이(애니메이션 〈슈렉〉)마저 추종자로 거느린 조로의 매력은 상상을 초월한다.

검은 마스크와 망토로 몸을 감싼 조로의 비밀을 알고 싶다면 존스턴 매컬리가 1919년 발표한 소설 『쾌걸 조로』를 읽으면 된다. 이 작품에는 마스크 히어로 생산을 위한 설계 내역이 몽땅 들어 있다.

우선 『쾌걸 조로』의 시대는 암울하기 짝이 없다. 18세기 말에서 19세기 초 아메리카 캘리포니아의 레이나 데 로스엔젤레스(지금의 LA). 정부(지사), 법원(치안판사), 군(라몬 대위와 곤잘레스 상사)은 한 덩어리가 되어 일사불란하게 약자들을 수탈하는 데 혈안이 되어 있다. 악의 정점에 위치한 자는 지사다. 당시 캘리포니아는 스페인의 식민지였으나, 멕시코가 독립하면서 하나의 주가 됐고, 다시 미국의 서부 주로 편입된 복잡한 역사의 땅이었다. 원래 인디언들의 땅이던 캘리포니아를 프란체스코회 수도사인 성 후니페로 세라가 정복해 그곳에 기독교 전도구와 성당을 세웠으나, 『쾌걸 조로』에서는 공권력의 가면을 쓴 채 악의 정점에 선 지사와 그 졸개들이 프란체스코회와 수도사의 재산을 빼앗고 인디언들을 괴롭히는 광경이 연출된다.

정말 어지러운 시대

수탈이 시스템화된 사회, 그리하여 소설 속에서는 "정말 어지러운 시대"라는 대사가 종종 등장한다. 짧지만 뼈가 있는, 이 소설에서 핵심적인 표현이다.

모두가 울분을 참아야만 하는 상황에서 분연히 일어난 1인이 조로다. 그의 정체는 지사로 대표되는 공권력도 눈치를 보고 감히 손을 대지 못하는 유일한 지역 명문가인 베가 가문의 외아들인 돈 디에고 베가다. 겉으로 보이는 돈 디에고는 "속 터지도록 느릿하고 맥없이 보이는 걸음"을 걷는 무기력한 부잣집 도련님이다. 낮잠과 하품이 특기고, 지사의 부하들에게는 외상 술값이나 대신 갚아주는 호구다. 돈 디에고의 청혼을 받은 여자는 "그 사람은 너무나 무기력해요. 그 사람하고 살아가는 제가 지레 속이 터져 죽고 말 거예요!"라고 분통을 터트린다. 달 밝은 밤에 여성의 집 창 밑에서 기타를 치며 사랑의 세레나데를 직접 노래해야 하는 것이 구애의 관습인데, 심지어 돈 디에고는 "구애를 한다는 것은 정말 피곤한 일입니다. 꼭 제가 기타를 치고 듣기 좋은 말을 늘어놓아야 할까요? 그런 바보 같은 짓을 하지 않으면 아가씨의 대답을 들을 수 없나요?"라고 반문한다. 부친 돈 알레한드로는 아들의 한심함에 분통을 터트린다. 조로라는 의심을 피하기 위해서라면 가족까지 속일 수 있어야 한다.

그런 사람이 마스크를 쓰면 180도 다른 인물이 된다. 조로는 지역 귀족의 젊은 자제로 구성된 민병대 앞에 벼락같이 모습을 드러내고 꾸짖는다. 지사를 돕기 위해 조로를 추격하다가 술 파티를 벌이고 있는 청년들에게.

"이 세상에는 불의가 판치고 있는데 댁들은 포도주나 마시며 흥청망청하는군 그래."

조로는 젊은이들에게 의식적 각성을 촉구하며 자신을 따르라고 제안한다. 조로의 말에는 토씨 하나 틀린 게 없다. "압제자를 쓰러뜨리는 것은 반역이 아니다"라는 말에 귀족의 젊은 자제들은 즉석에서 조로를 리더로 받들고 '응징자들'이라는 동맹을 결성한다. 조로는 응징자들과 함께 지사에게 이 땅에서 손을 뗄 것을 요구한다. 레이나 데 로스엔젤레스 귀족들의 단합에 기가 꺾인 지사는 무릎을 꿇는다.

브루스 웨인과 이강토, 돈 디에고를 흉내 내다

조로의 실존 모델이 있다는 것을 짚고 넘어가자. 사실 『쾌걸 조로』에는 1848년 과달루페 이달고 조약의 일환으로 캘리포니아가 미국으로 편입된 후 앵글로색슨계와 히스패닉계 사이의 대립이 첨예했던 시대상이 혼재되어 있다. 지금도 아일랜드계 미국인들은 멕시코로 건너와 스페인 정부의 압제에 맞서 싸운 윌리엄 램포트를 조로의 모델로 본다. 히스패닉계는 앵글로색슨계 백인들의 인종차별에 분노해 조직을 이끌고 싸움을 벌인 멕시코인 호아킨 무리에타가 그 주인공이라고 주장한다. 『쾌걸 조로』 속 조로는 챙 넓은 멕시코 솜브레로 모자와 얼굴 전체를 가리는 마스크를 쓰고 있다. 따라서 무리에타가 더 유력하기는 하지만 실존 모델을 특정할 수는 없다.

스페인어로 여우를 뜻하는 '조로'의 이중적 캐릭터를 직접 계승한 자는 〈배트맨〉(1939)의 억만장자 바람둥이 주인공 브루스 웨인이다. 뉴욕을 모델로 하는 범죄도시 고담의 최고 부자인 웨인 가문 외아들 역시 박쥐 가면의 매력에 푹 빠진다.

배트맨이 조로의 영향을 직접 받은 캐릭터라는 것은 꽤 유명하다. 만화가 김태권은 이와 관련해 한 칼럼(「조로는 가면을 왜 안대로 바꿨나」,《한겨레》, 2020. 11. 26.)에서 1939년 5월의 첫 〈배트맨〉 만화 '화학회사사건' 편의 에피소드를 지적한다. 여기서 고든 국장은 "브루스 웨인은 사는 게 지루한가 보군"이라고 중얼거린다. 이 캐릭터가 어디서 나왔겠는가. 매사 무기력하고 졸린 부잣집 도련님 돈 디에고의 복사판이다. 한국 슈퍼히어로 만화의 효시로 불리는 김산호의 『라이파이』(1959)가 조로에서 발원한 배트맨의 영향으로 탄생했다는 것도 흥미롭다. 주인공 라이파이는 '부호의 아들로 태어났으나 부모가 도적단의 습격으로 피살되었다'는 설정이다. 이 설정은 정확하게 브루스 웨인에게서 빌린 것이다. 웨인의 억만장자 부모가 강도의 총에 피살되었다는 것은 〈배트맨〉 팬이면 누구나 안타까워하는 사실이다.

TV 드라마의 원작이 된 허영만 만화 『각시탈』(1974)은 『쾌걸 조로』의 한국판이라고 해도 무방하다. 캘리포니아의 압제자들은 제국주의 일본으로 대체된다. 일제 치하에서 신음하는 우리 동포들을 구하는 마스크 히어로가 바로 각시탈이다. 하나의 에피소드를 예로 들면, 주재소(일제 치하의 경찰서)로 조선 노인이 끌려온다. 일본인의 소를 훔쳐갔다는 명목이다. 노인은 혐의를 부인하지만 주재소 순사들은 전원 일본인이다. 조선 노인을 무고한 일본 상인은 "사실은 이러이러해서

영감을 괴롭히려고 헤헤…" 하며 순사에게 뒷돈을 건넨다. 그
후 각시탈이 주재소를 나서는 일본 상인을 살짝 손봐준다. 이
에피소드는 『쾌걸 조로』에서 악덕 상인이 치안판사를 매수해
조로의 친구인 펠리페 사제를 무고하고 그 물건을 빼앗았다가
조로에게 혼쭐이 나는 사건의 재현이다.

각시탈을 쓴 이는 주재소 사환 이강토(『각시탈』을 처음 발
표했을 때의 이름은 '김영')다. 월급 한 푼 없이 주재소에 붙
어 있는 좀 모자란 푼수다. 그런 그가 각시탈을 쓰면 총칼로
무장한 일본 헌병대 서넛쯤은 너끈히 제압하는 택견의 고수
로 돌변한다. 원래 이강토는 각시탈을 잡아 출세를 꿈꾸던 조
선 엘리트 형사였다. 자신의 손으로 죽인 각시탈이 친형이었
다는 사실을 알고 형의 뜻을 이어 자신이 2대 각시탈이 된다.
친형 역시 미친 척 연기를 하면서 각시탈이라는 의심을 피해
왔던 것이다. 이중적 캐릭터로 독립운동하는 조로가 바로 각
시탈이다.

조로와 마찬가지로 호랑이 굴에 들어가 있던 각시탈은 정
체가 발각되고 위기를 피할 수 없다. 하지만 그것을 극복하게
하는 초월적 힘은 사명감이다. 큰 부상을 당하고 홀로 차디찬
눈밭에 쓰러져 죽어가면서도 각시탈은 다짐한다.

"동짓달의 혹한이 몸을 식히더라도, 으스러진 어깨뼈가 살을 파
고들더라도, 조금이라도 민족의 장래가 걱정된다면 너는 일어서

야 되지 않겠는가! 일어서라! 각시탈!"

각시탈은 불사조처럼 부활해 맨주먹으로 일본 최고의 칼잡이를 쓰러뜨린다. 일말의 비겁함 없이, 맨주먹으로.

응징자들, 일어서다

마스크는 단순한 가면이 아니다. 그것은 히어로에게 점차 새로운 정체성을 부여한다. 철학자 톰 모리스는 「복면 뒤에는 무엇이 있을까?」(『슈퍼 히어로 미국을 말하다』, 잠, 2010)라는 글에서 "모든 가면은 이것을 쓴 사람에게 일정한 영향을 남긴다. 또한 우리가 생각하는 것 이상으로 어떤 가면이든 결국에는 현실이 된다. 우리가 누구인가 하는 문제는 곧 우리가 어떻게 행동하는가 하는 문제다"라고 지적한다. 고대 신화의 세계에서도 한 존재는 마스크를 씀으로써 마술적으로 자신이 원하는 존재가 될 수 있었다. 짐 캐리 주연의 영화 〈마스크〉(1994)는 이러한 아이디어에 착안한 작품이다.

마스크 히어로는 처음에는 혼자 일어나지만 추종자(혹은 모방자)를 규합하고 조직화하는 방향으로 행동한다. 불의한 세상은 혼자 힘만으로 맞설 수 있는 상대가 아님을 절감하기 때문이다. 그 모델 역시 『쾌걸 조로』가 제시했다. 조로가 젊은 귀족 청년들로 구성된 지역 민병대를 흡수한 형태의 동맹인

응징자들이다. 그들은 실제로 지사의 절대 권력을 무너뜨림으로써 동맹의 효율성을 입증했다.

"이 세상이 제대로 돌아가려면 '힘'으로 밀어붙여야 한다는 것을 (부모님은) 온몸으로 내게 보여주셨지"라는 배트맨의 경험은 불가피하게 자경단원의 길을 걷도록 만든다. 법, 제도, 공권력이 지켜주지 못하는 정의를 스스로의 힘과 판단으로 지켜야 한다는 자각이다. 배트맨은 스스로 범죄자들을 소탕하고, 몇몇 갱단 단원이 그에게 자극을 받아 '배트맨의 후손'이라는 범죄 소탕 자경단을 결성한다. 하지만 이들은 행동이 신중한 조상과 달리 무자비하게 범죄자를 처단해 배트맨을 딜레마에 빠뜨린다. 배트맨은 공권력과 밀월 관계를 유지하지만 자경단원을 반대하는 대중의 압력으로 비난에 시달린다.

DC의 히어로 그룹 저스티스 리그나 마블의 어벤져스는 자경단에 가까워진 형태다. 〈왓치맨〉에서 잉크로 얼룩진 마스크를 쓴 로어셰크가 범죄 단죄의 기치를 들자, 온갖 형태의 마스크를 쓴 범죄 소탕꾼들이 모여든다.

마스크 히어로 혹은 그 동맹 혹은 추종 단체인 자경단은 정의 없는 세상의 증인이다. 우리가 발 디딘 현실에 정의가 충분한가? 그렇지 않다면 새로운 마스크들이 서투른 박음질로 디자인될 여지는 충분하다.

몸이 커서
슬픈 족속이여

인간의 서사에서 가장 많은 수모를 당한 족속은 거인족이다. 신들을 능가하는 힘을 가졌으면서도 패배는 항상 거인족의 몫이었다. 그리스 신화, 북유럽신화 등을 막론하고 문명과 동떨어진 거인족은 신들과의 전쟁에서 '패배자'라는 오명을 떠안아야 했고, 신들에 의해 가혹한 벌을 받았다.

신과 거인족의 전쟁을 제3자 입장에서 구전하고 기록해야 할 인간들은 본래 신의 완벽함을 숭배하는 족속이었기에 공정할 수 없었다. 심지어 신화의 시대에 거인족이 패퇴한 이후, 인간은 미련한 족속을 골탕 먹이는 서사를 즐겼다. 오디세우스가 외눈박이 거인 키클롭스를 '멋지게' 속여 넘기는 대목은 호머의 『일리아스』와 『오디세이아』에서 가장 인기 있는 에피소드였다. 시간이 흐른 뒤에도 여러 민담이나 민화에서 거인의 이러한 이미지는 더욱 굳어졌다. 그 결과 거인족은 포악한 힘과 아둔함의 대명사가 되었다.

몇 가지 의문이 든다. 신에게 두들겨 맞고 인간에게 조롱당하는 것이 운명이라면, 거인족은 인간의 서사에서 왜 필요했던 것일까? 원래 그들은 이러한 대접을 받아 마땅한 족속일까? 펜대를 잡고 서사를 직조한 이들의 의도는 무엇일까?

그럼에도 인간은 그 무리 중에서 뛰어나거나 위대한 자에게 '거인'이라는 호칭을 부여한다. 거인족은 불민한 족속으로 어디론가 쫓겨나고, 인간이 거인이라는 이름을 프리미엄 브랜드로 사용하는 셈이다. 거인족, 그들은 어디서부터 잘못된 것일까? 우리의 탐구는 이 지점에서 시작된다.

유폐된 신의 직계 혈족

본래 거인족은 인간에게 조롱받을 만한 신분이 아니었다. 그들은 신의 직계 혈족이었다. 그리스 신화에서 거인족은 대지모신大地母神 가이아와 천상신天上神 우라노스의 자식들이며, 그중 열두 티탄Titan(오케아노스, 코이오스, 크리오스, 히페리온, 이아페토스, 테이아, 레아, 테미스, 므네모시네, 포이베, 테티스, 크로노스)이 육중한 몸으로 세상을 지배했다. 태초의 세상은 키클롭스(브론테스: 천둥, 스테로페스: 번개, 아르게스: 벼락), 헤가톤케이레스(코토스, 브리아레오스, 기게스), 기간테스 등 다양한 거인족의 세상이었다. 그러나 크로노스와 레아의 자식들(헤스티아, 데메테르, 헤라, 하데스, 포세이돈, 제우스)이 아버지와 삼촌 세대를 제압하고 권좌를 빼앗았다. 헤시오도스의 『신통기』(민음사, 2003)에 따르면 거인족은 끔찍한 감옥 타르타로스에 유폐되었다.

청동 모루를 지상에서 아래로 떨어뜨리면 아흐레 낮 밤을 떨어져서 열흘째 되는 밤에야 비로소 타르타로스에 부딪힐 것이다. 타르타로스 주변에는 철로 만든 울타리가 쳐 있고, 밤이 목도리처럼 삼중으로 감싸고 있다.

북유럽신화에서도 거인족의 조상인 얼음거인 이미르를 죽인 오딘과 신들은 이미르의 눈썹으로 방벽을 만들어 그 바깥쪽, 춥고 얼음이 가득한 땅인 요툰헤임에 살아남은 거인들을 몰아넣었다.

〈왕좌의 게임〉에서 패한 거인족은 인간의 서사를 통해 신들과는 다른 서열로 명확히 구분되었다. 신라 골품제도를 빗대자면 신들은 성골, 거인족은 진골의 차이를 갖게 되었다. 거기서 끝이 아니었다. 거인족은 후에 영웅 페르세우스(아버지는 올림포스 주신 제우스, 어머니는 인간 다나에)와 헤라클레스(아버지는 제우스, 어머니는 인간 알크메네)처럼 신과 인간의 혼혈로 태어난 반신에게도 굴욕을 당했다. 신과 인간의 혼혈을 육두품이라고 한다면, 진골이 아래 계급인 육두품에게 밀려난 셈이었다.

그 대표적인 예가 거인 아틀라스다. 아프리카 북서부를 가로지르며 장장 2500킬로미터를 뻗은 아틀라스 산맥. 최고봉 투브칼(4167미터, 모로코)을 자랑하는 이 육중한 바위산맥은 지브롤터 해협을 사이에 둔 고대 유럽인들에게 '세상의 끝'이라 불려왔다. 이 거대한 바윗덩어리의 실체가 거인 아틀라스의 몸이라는 일화는 유명하다. 당시 티탄의 일원인 아틀라스는 거인족의 편에 서서 신들과 싸웠고, 해가 지는 세상의 끝에서 천구를 짊어지는 벌을 받는 중이었다. 페르세우스는 자신을 불친절하게 대했다는 이유로 아틀라스에게 메두사의 머리를 보여주어 바윗덩어리로 만들어버렸고, 로마 시인 오비디우스는 『변신 이야기』 4권에서 "산이 된 그의 몸은 사방으로 뻗어나기 시작하여…"라며 그 과정을 간단히 완결 지었다.

또한 아틀라스는 헤스페리데스 자매들의 황금사과를 획득하는 과업을 수행하는 헤라클레스의 꾀에 속아 천구를 영원히 짊어져야 했다. 헤라클레스는 천구를 대신 짊어지고 있을 테니, 아틀라스에게 황금사과를 가져오라고 했다. 그런데 아틀라스는 천구를 다시 짊어지고 싶은 마음이 없었다. 어깨에 양피를 몇 장 댈 동안만 하늘을 받쳐달라는 헤라클레스의 제안을 무심코 받아들인 그는 잠시 후 황금사과를 들고 도망가는 반신의 모습을 멍하니 바라보아야만 했다.

신이 될 수 없는 한계와 신이 되고 싶은 욕망 사이

펜대를 잡은 인간들은 신의 반열에서 강등된 이유를 거인족의 고귀하지 못한 성품 탓으로 돌렸다. 오비디우스는 "(페르세우스는) 이 아틀라스의 폭력에 맞서 저항하면서 한편으로는 이 거인의 거친 성정을 누그러뜨리려고 애썼다"라고 썼다. 거인의 "폭력", "거친 성정"이 분쟁의 원인이라는 것이다. 헤시오도스는 거인족의 리더 크로노스를 "사악한 생각을 품은 막내"로, 외눈박이 거인족 키클롭스를 "고집불통"으로, 신들을 도운 헤가톤케이레스마저 "오만불손한 자식들"로 부르며 더욱 부정적으로 바라보았다. "이들이 하는 모든 일에는 언제나 힘과 폭력과 교활함이 숨어 있었다"며 거인족의 힘에 긍정의 여지를 두지 않았다. 결국 어원상 깡패, 불한당, 불량배를 가리키는 '티탄'이 거인족의 고유명사가 되었다.

그럼에도 거인족의 힘은 인간이 갈망하는 무엇이었고, 그들은 여러 장점을 소유했다. 거인족은 대중의 생각처럼 모두 아둔하고 느린 종족은 아니었다. 그리스 신화의 거인 중 다미소스는 빠른 발의 대명사였다. 거인족 중 가장 발이 빨랐던 그는 티타노 마키아(올림포스 신들과 거인족의 전쟁)에서 신들에 맞서 싸우나 전사했다. 아테네 북동쪽의 팔레네에 묻힌 그시신을 꺼낸 것은 반인반마 켄타우로스인 케이론이었다. 인간 펠레우스와 바다의 여신 테티스 사이에서 태어난 영웅 아킬레우스가 빠른 발을 갖게 된 것은 죽은 사람도 되살릴 정도로 의술이 뛰어나다고 알려진 케이론이 다미소스의 뼛조각을 아킬레우스의 다리에 이식했기 때문이라고 한다(호머는 그를 아킬레우스의 스승이라고 단정한다). 훗날 트로이 전쟁에서 아킬레우스가 죽은 것은 그의 다리에서 다미소스의 뼛조각이 떨어져 나갔기 때문이라는 설이 있다. 인간의 빠른 발이 거인족에게서 기원했다는 것은 아이러니컬하다.

거인족이 지혜와 거리가 먼 족속이라는 주장도 걸러 들을 필요가 있다. 고맙게도 인간에게 불을 선물해 코카서스 절벽에 매달리게 된 프로메테우스는 티탄의 일족이었다. 프로메테우스야말로 지혜라면 올림포스 신 누구에게도 뒤지지 않았다. 헤라클레스에게 자신의 형제 아틀라스가 있는 곳과 그를 구슬려서 황금사과를 획득하는 방법을 알려준 이도 프로메테우스였다. 북유럽신화에서도 크게 다르지 않다. 머리 잘 쓰기로 유명하고 거짓말과 변신술에 능한 로키는 거인족 출신이었다. 거인족 파르바우티의 아들인 로키는 거인족 앙그르보다를 아내로 맞아들였다.

거인족은 전문 기술이 있는 장인의 이미지로 등장하기도 했다. 북유럽신화에서 신들의 내전으로 파괴된 아스가르드의 성벽을 보수한 주인공 역시 요툰헤임의 거인이었다. 아스가르드의 성벽 보수는 신 중 누구도 선뜻 나서지 못하는 난제였다. 거인은 사랑의 신 프레이야를 얻는 대가로 아스가르드 성벽 보수라는 과업을 맡았다. 주어진 공사 기간은 열여덟 달이었다. 신들은 공사 기간을 3분의 1인 여섯 달로 줄여 제안하자는 로키의 아이디어에 동의했다. 그들은 거인이 여섯 달 안에 성벽 보수를 끝내리라고는 생각지도 못했다. 그러나 거인은 초인적인 끈기와 열정으로 전광석화처럼 성벽을 보수했고, 제안 받은 공사 마감 기간을 하루 정도 남기기까지 했다. 애초부터 약속을 이행할 의사가 없던 신들의 간계로 거인족은 대가를 받지 못하고 억울하게 내쫓겼다.

거인족은 힘과 다양한 재능이 있었고, 신들은 그러한 거인족을 두려워했다. 『성경』도 「구약」 곳곳에서 거인족을 언급했다. 신의 편에 선 인간은 그러한 면을 최대한 숨기면서 거인족에게 거칠고 우둔한 불량배 이미지를 투영했다.

그렇다면 거인족의 실체는 무엇일까? 문명의 주체로 자부심이 높은 그리스인은 야만적 힘을, 바이킹족은 인간을 위협하는 거대한 자연의 힘을 거인족으로 의인화했다는 시각이 있을 수 있다. 대입식 해석이 아닌 철학적 견지에서 보자면 다음과 같은 해석도 가능하다. 거인족은 고대인의 내면에 깃든 깊은 딜레마가 형상화된, 신이 될 수 없는 한계와 신이 되고 싶은 욕망 사이에서 탄생한 모순된 존재라는. 인간은 신이 되고 싶은 근원적 욕망 속에서도 자신이 불완전한 존재임을 자각하며 신이 될 수 없는 한계를 절감해야만 했을 것이다. 그러나 인간은 '야망'을 포기할 족속이 아니다. 신과 대등한 능력이 있으나 "거친 심성"을 이유로 강등된 족속을 가공해냈고,

그들을 돌아오지 못할 곳으로 유폐한 후 자신이 거인의 지위를 차지했다는 것이 나의 해석이다. 인간족의 지위 상승이다.

거인족 약탈에 주어진 면죄부

신화시대 이후 인간은 지혜, 작은 몸집에서 나오는 빠름, 단결력 등 거인족을 넘어서는 모습으로 구체화되었다. 거인족을 극복하는 사건은 인간의 위대함을 입증함과 동시에 인간에게 카타르시스를 선사했다.

잉글랜드 민화 「잭과 콩나무」에 이르면 반신인 인간 영웅이 아닌 가난한 하층계급 청년이 거인족의 재산을 빼앗고 죽일 수 있게 된다. 마법 콩나무를 타고 하늘 위로 올라간 잭은 거인의 황금이 든 주머니, 황금알을 낳는 암탉, 노래하는 황금하프를 훔치고, 뒤쫓아 오는 거인을 처치한다. 이 민화는 여전히 거인의 거친 성정과 둔함을 강조한다. 마법의 물건과 보물을 지키는 거인족을 약탈하는 인간에 대한 면죄부를 주는 스토리텔링이다.

이를 원작으로 한 할리우드 영화인 〈잭 더 자이언트 킬러〉(2013)에서는 하층계급 청년이 거인족의 왕으로부터 정통성을 상징하는 왕관을 빼앗아 거인족을 복속시킨다. 거인족은 투구와 갑옷, 힘과 속도, 단결력까지 갖춘 무적의 전사 집단으로 업그레이드된다. 왕의 병사들은 이들의 침략 앞에 벌벌 떠는 개미 떼에 불과하다. 재치와 용기를 가진 잭이 거인족 왕의 입에 마법의 콩을 던져 넣어 죽이고 이를 발판으로 자신이 왕으로 등극한다. 이 정도면 영웅 페르세우스나 헤라클레스도 이루지 못한 업적이다.

거인족에 대한 공포와 승리를 극대화해 센세이션을 일으킨 작품은 일본 만화 『진격의 거인』(2009)이다. 인류가 50미터 높이의 성벽을 쌓고 100년 동안 평화를 누리고 있다는 설정이다. 남녀 구별도 생식기도 없는 나체의 무자비한 식인 거인들이 성벽 밖에 진을 치고 있기 때문이다. 인류가 아는 거인족은 15미터급이 최대였는데, 어느 날 60미터나 되는 거인이 나타나 성벽을 파괴한다. 머리나 몸에 포격을 당해도 그 부위가 재생되는 불멸의 거인족이다. 그때의 상황과 감정은 "인류는 떠올렸다. 지배당했던 공포를…, 새장 속에 갇혀 있던 굴욕을…"이라는 두 문장으로 압축된다. 몰살 위기에 몰린 인류는 거인족의 목 뒤쪽이 유일한 약점임을 찾아내고 반격한다. 거인족의 정체에 대한 반전이 또 기다리고 있지만.

거인의 영광은 인간에게 넘어간 지 오래다. 거인족은 인간 주도 서사의 희생양이며, 인간의 지위 상승에 있어 징검다리 역할을 하고 있다. 거인족이 살아 있다면 "물속에 제 그림자를 들여다보고" 슬픈 몸집으로 먼 산을 쳐다볼 수밖에 없겠다.

어글리
러블리

꼭 예쁘고 우아할 필요는 없다. 가장 인상적인 '어글리 러블리Ugly lovely'는 영화 〈귀여운 여인〉(1990)의 비비안(줄리아 로버츠)이 아닐까 싶다. 현실성 여부는 논외로 하고, 이것은 대부분이 내심 바라는 이야기다. 「신데렐라」 스토리를 따르기 때문이다.

「신데렐라」 스토리는 인류가 공유한 오래된 서사 중 하나이고, 누구도 거부할 수 없는 마법 같은 매력으로 전 세계에서 무수히 변주되고 있다. 재를 뒤집어쓴 채 구박받는(기존 지위를 억울하게 빼앗기고 나락으로 떨어진) 주인공이 나라에서 한 명뿐인 왕비가 되는, 반전이 가장 큰 상승 폭을 가진(삶의 최상단으로 단박에 뛰어오른) 드라마 구조라는 점은 의심할 바 없다.

더구나 「신데렐라」 스토리는 시대, 국가, 인종을 초월한다. 고대나 중세에는 왕자, 공주가 되는 꿈같은 반전 성공담이라는 자체로 판타지가 되었다. 각자의 개성을 강조하는 현대에는 '어글리'에서도 특별한 가치를 발견하는 시선을 선호하고, 어글리 러블리라는 캐릭터가 환영받는다. 직설적으로 말하자면, 이 시대는 사회의 다수를 차지하는 어글리 러블리들의 편이다. 어글리 러블리라면, 소파에 누워 콜라와 감자칩을 맘껏 먹으며 '재투성이'(구박받던 시절의 신데렐라 호칭) 스토리에 몰입하는 과정에서 에너지를 충전한다.

기원전 이집트의 「신데렐라」를 찾아서

「신데렐라」의 오리진은 기원전 이집트 시대로 거슬러 올라간다. 가장 오래된 신데렐라는 '로도피스'라는 이집트 소녀다. 민담 유형 분류 체계인 아르네-톰프슨 목록에서 '510A' 항목인 "학대받던 소녀가 신발을 통해 인지됨"에 해당하는 유형이다. 나일강에서 목욕하던 로도피스의 신발을 채 간 것은 독수리다. 현실의 공간을 초월해 이동할 수 있는 막강한 맹금류가 선달자로 나선 셈인데, 로도피스의 신발은 멤피스의 왕에게 전해진다. 왕은 신발의 주인에게 사랑을 느낀 나머지, 기필코 그 주인을 찾아낸다. 이 이야기는 기원전 1세기 그리스 학자 스트라본이 수집한 내용 중 하나다.

로도피스 이야기와 유사한 버전이 중세 중국에서도 나타난다. 9세기 중국 당나라 수필집인 『유양잡조酉陽雜俎』에 '섭한'이라는 이름으로 기록된 소녀다. 깊은 산골 마을의 족장 딸 섭한은 계모에게 구박을 받는다. 계모는 섭한이 연못에서 기르던 물고기까지 잡아먹는데, 섭한은 그 물고기 뼈의 마법으로 무엇이든 갖게 된다. 황금신발과 청록색 저고리를 입고 나간 마을 축제에서 계모의 딸을 피해 달아나던 섭한이 흘린 신발 한 짝은 이웃 나라 왕의 손에 들어간다. 결국 왕은 신발의 진짜 주인을 찾아내고, 악행을 들킨 계모와 그 딸은 돌에 맞아 죽는다. 이집트의 「신데렐라」이야기가 중국으로 어떻게 건너갔는지는 밝혀낼 수 없지만, 신발이 한 불행한 소녀의 운명을 바꾼 모티브가 된 부분은 우연으로만 볼 수 없다.

재투성이 세 자매

「신데렐라」 스토리의 씨앗은 유럽에 뿌려져 무럭무럭 자랐다. 1893년 영국 민속학자 메리언 로알프 콕스가 수집한 「신데렐라」 버전은 345개나 되었다. 그중에서도 이탈리아 소녀 '고양이 첸네렌톨라', 프랑스 소녀 '상드리용', 독일 소녀 '아셴푸텔'은 '재투성이 세 자매'로 묶어서 살펴볼 만하다.

여성 독자를 가장 '심쿵' 하게 하는 버전은 17세기 이탈리아 시인 잠바티스타 바실레의 유럽 최초 동화집 『펜타메로

네』(1634)에 수록된 「고양이 첸네렌톨라」다. 제후의 딸 체촐라는 가정교사를 계모로 맞이한다. 이 가정교사는 가식으로 체촐라의 환심을 사지만, 결혼 후 친딸 여섯을 데려온 뒤 그녀를 부엌으로 내쫓는다. 아버지는 계모에게 눈이 멀고, 체촐라는 '고양이 첸네렌톨라'라는 천박한 이름으로 불린다. '첸네렌톨라Cenerentola'는 무엇을 뜻할까? 재를 가리키는 '시니스cinis'와 '옮기다'를 의미하는 '톨레레tollere'의 합성어다. 즉, 부엌에서 재를 옮기는 사람이다. 우리말로 치면 식모를 가리키는 '부엌데기'다. 나락으로 떨어진 첸네렌톨라는 요정의 도움으로 원하는 것을 내어주는 마법의 대추야자 등을 얻는다. 멋지게 차려입은 그녀는 왕의 연회에 참가하고 왕의 시선을 빼앗는다. 왕의 신하가 미행하던 첸네렌톨라는 마차에서 슬리퍼 한 짝을 흘리고, 왕은 그 슬리퍼의 주인에게 푹 빠져 탄식한다.

"흰 발 하나를 가두었던 이 신발, 이것이 지금은 까맣게 그을린 내 심장의 족쇄로구나. 내 삶의 폭군인 그녀가 너를 딛고 서니 조금은 키가 더 커졌겠구나. 나의 삶이 그녀를 생각하고 원할수록 더욱더 달콤해지는 것처럼!"

왕의 간절함은 불쌍할 정도다. 왕이 왕국의 모든 여인에게 슬리퍼를 신겨 보다 첸네렌톨라의 차례가 되었을 때 일어난 일은 우리의 기대대로다. 또한 그녀의 머리에 왕관이 씌워지는 것은 예상된 수순이다.

부엌데기가 왕비로 신분 상승하는 이야기를 직접 참고한 이는 17세기 프랑스 문필가 샤를 페로다. 그는 1697년 『엄마 거위 이야기』에 첸네렌톨라 이야기와 흡사한 「상드리용, 또는 작은 유리구두」를 수록했다. 우리의 머리에 「신데렐라」를 각인시킨 월트디즈니사의 애니메이션은 페로의 버전을 따른다. 요정이 지팡이로 친 호박과 생쥐가 각각 황금빛 마차와 마부로 변했다든가, 자정이 되면 무도회에서 빠져나가야 한다든가, 유리구두가 벗겨지는 등의 대목이 그렇다. '상드리용 Cendrillon' 역시 재투성이를 뜻하는 이름이다. 계모와 그녀가 데려온 두 딸에 의해 귀족의 딸에서 식모로 전락한 상드리용은 온 집안사람에게 '멍청한 재투성이'라고 불린다. 페로 버전은 상드리용의 착한 마음씨를 은연중 강조한다. 그녀는 무도회 준비를 하는 계모의 두 딸을 멋지게 꾸며줄 뿐만 아니라, 왕비가 된 후 못된 두 언니를 왕궁으로 데려와 귀족들과 결혼하게 해준다.

페로 버전에서 가장 눈에 띄는 것은 유리구두다. 만약 유리구두가 아니라 털신 같은 것을 흘렸다면 디즈니 애니메이션에서도 신데렐라의 매력이 반감되었을지 모른다. 오래된 민담에서 유리라는 소재가 등장하기는 쉽지 않다. 페로가 참고한 「고양이 첸네렌톨라」에서도 유리는 언급되지 않는다. 그렇다고 당시 유럽의 다른 민담에서 유리가 나오지 않는 것은 아니다. 거인이 유리 수염을 달고 있는 민담도 있으니 말이다. 페로가 어떤 의도로 상드리용의 신발을 유리로 설정했는지는 알 길이 없다. 페로가 유리구두를 등장시킨 이유에 대해서는 학자들 사이에도 견해가 분분하다.

그림형제가 1857년 펴낸 「아셴푸텔」은 '잔혹 동화'라고 불리기도 한다. 독일 재투성이 소녀는 이탈리아나 프랑스 버전에 비하면 가장 근대에 등장한 탓에 캐릭터나 스토리가 더 구체적이고 강한 인상을 준다. 부모의 외동딸인 아셴푸텔Aschen-puttel은 계모의 등장 이후 난롯가에 있는 잿더미 위에서 자야만 했다. 계모와 두 딸에게 받아야 하는 괴롭힘은 눈 뜨고 못 볼 지경이 된다. 두 의붓언니가 말한다.

"바보 같은 암거위가 우리와 한 방에 앉아 있다니! 밥 먹기를 바라는 자, 밥벌이를 해야 하는 법. 나가서 식모와 함께 지내도록."

그들은 '재투성이'로 만드는 것도 모자라서 '바보 같은 암거위'에 '밥버러지' 이미지를 덧씌운다. 작가들이 독자의 분노를 끌어내기 위해 설정한 '특수 장치'는 여기서 끝이 아니다. 두 언니가 완두콩과 납작콩을 잿더미에 쏟으면, 아셴푸텔은 재에서 그것들을 골라내야만 한다. 게다가 괴롭힘 이외의 목적을 찾기 힘든 노역은 무한 반복이다. 이 대목에서 「콩쥐팥

쥐」가 연상되는 것은 어쩔 수 없다.

아셴푸텔의 슬픔은 땅속까지 깊이 스며든다. 죽은 엄마의 무덤 위에 어린 개암나무 가지를 꽂고 우는 아셴푸텔의 눈물은 나뭇가지를 타고 땅을 적시고, 그 눈물을 머금은 개암나무는 아름답게 자라난다. 아셴푸텔은 날마다 세 번씩 그 나무에 대고 울면서 기도한다. 죽은 엄마의 영혼인지 알 수 없지만, 새가 나무에 나타나 그녀의 조력자가 된다. 또한 왕이 자신의 아들을 위해 신붓감을 고를 수 있는 혼인 잔치를 열 때, 아셴푸텔은 첸네렌톨라나 상드리용에 비해 훨씬 적극적으로 참여 의사를 밝히고 행동한다. 그녀에게 휘황찬란한 옷과 황금신발을 제공하는 것은 요정 대신 새다.

아셴푸텔의 고난과 슬픔의 크기만큼 복수는 계모 일행에게 반작용한다. 비둘기들은 못된 두 언니가 천벌을 무사히 피해 가는 것을 용납하지 않는다. 두 언니는 발이 잘려 피를 철철 흘리고, 마지막에는 비둘기들에게 두 눈을 뽑힌다. 동화가 추구하는 동심을 초월하는 잔혹함이다.

첸네렌톨라, 상드리용, 아셴푸텔 모두 신분에 비해 인간적으로 한참 모자란 아버지를 두고 있다. 그들 아버지의 신분은 공통적으로 귀족급이다. 소녀의 몰락을 뚜렷하게 하는 설정이지만, 그 탓에 아버지는 장삼이사 수준의 남자는 아니게 된다. 학대하는 계모가 주범이라면 그것을 방관하고 동조하는 아버지는 공범이다. 그만한 인지력이 있다면 더욱 그렇다.

「신데렐라」 스토리의 구조가 전혀 다른 메시지를 전하기 위해 차용될 수도 있다. 페로의 작품으로 추정되는 유명 민담 「당나귀 가죽」은 「신데렐라」 스토리가 얼마든지 변주될 수 있음을 일깨운다. 프랑스 루이 14세(1638~1715)가 어린 시절 들으면서 잠들었다는 민담이 「당나귀 가죽」인 걸 보면, 1634년에 발표된 「고양이 첸네렌톨라」도 무관하지 않아 보인다.

왕비의 죽음 이후 친아버지인 왕에게 결혼을 강요당하는 공주는 라일락 나무 요정의 도움으로 궁궐에서 탈출해 시골에서 칠면조와 돼지 여물통을 치우는 하녀로 살아간다. 공주는 신분을 숨기기 위해 더러운 당나귀 가죽을 덮어쓴다. 그녀의 이름은 '당나귀 가죽'으로 굳어진다. 우연히 그녀의 아름다운 본 모습을 본 이웃 왕자는 당나귀 가죽 때문에 상사병에 걸리지만, 평소 모습을 알고 있는 신하 중 하나는 "늑대 다음으로 더러운 여인"이라며 평가절하한다. '어글리'의 대마왕쯤 되는 주인공이다. 왕자는 당나귀 가죽이 만든 과자를 요구하고, 그녀는 과자 안에 에메랄드가 박힌 자신의 황금반지를 넣는 센스를 발휘한다. 왕은 반지를 끼워보기 위해 온 나라의 비혼 여성들을 궁궐로 불러들인다. 모두 탈락하고 마지막에 남은 것은 당나귀 가죽. 더러운 가죽 밑에서 하얀 손이 나와 반지의 주인임을 입증한다. 그때 라일락 나무 요정이 나타나 모두에게 그녀가 공주임을 알린다.

공주가 나락으로 떨어졌다가 자신의 자리를 되찾는 이 이야기는 '미덕(친아버지와 결혼하지 않는 것)을 지키기 위해 모든 것을 바치면, 신들은 거기에 보상을 해준다'는 메시지를 담고 있다. 마법의 힘을 가진 조력자가 어김없이 등장하지만, 왕자와 공주를 연결하는 매개물은 신발이 아니라 반지다. 친어머니가 죽은 후 그녀를 핍박하는 인물은 계모와 언니들이 아니라 친아버지다. 몇몇 요소를 살짝 바꾼다고 해서 「신데렐라」 구조가 허물어지는 것은 아니다.

현대의 「신데렐라」 스토리는 「당나귀 가죽」보다 훨씬 복잡하게, 더 많은 변형을 가한다. 왕자 같은 기주(박신양)가 "애기야, 가자!"라며 가정부 태영(김정은)을 지루한 현실에서 탈출시켜주는 드라마 〈파리의 연인〉(2004)식의 판타지에 대한 수요는 언제든 대기 중이다. 여성의 마음을 훔쳐낸 만화 『캔디캔디』(1975), 영화 〈귀여운 여인〉 등이 그러했다. 남은 것은 뻔하면서도 뻔하지 않도록, 어글리 러블리를 돋보이도록 이야기를 풀어가는 기술의 문제다.

3

역사 속
캐릭터

어떤 환경에서도 불행한 자,
그 이름은 햄릿

　북두칠성 같은 단단한 서사의 뼈대를 가진 복수극이다. 그럼에도 그 전체를 북극성처럼 빛나는 캐릭터 하나가 집어삼킨다.

　이런 면에서 셰익스피어의 비극 『햄릿』(1600)은 다른 작품과 비교 불가하다. 그 유명세는 문학 사상 으뜸이며, 지금도 전 세계 극장 어디에서인가 무대에 오르고 있을 것이다.

　중세 덴마크 왕국을 배경으로 한 『햄릿』만큼 논란이 되는 작품도 드물다. 이 작품에 등장한 주·조연급 인물 일곱 명 중 여섯 명(햄릿, 오필리어, 레어티즈, 폴로니어스, 클로디어스, 거트루드)이 죽는다. 꼭 이렇게까지 해야 했을까 싶을 정도의 떼죽음이다. 친구 호레이쇼만 햄릿가에 일어난 비극의 전말을 전하기 위해 살아남는다(그 역시 자결하려고 했으나).

한편 『햄릿』의 오리진에 대한 의문도 또 다른 논란거리로 남아 있다. 『햄릿』이 창작되기 4세기 전 햄릿 전설이 먼저 있었을 뿐 아니라, 지금은 전하지 않지만 셰익스피어가 참조했거나 관여한 것으로 추정되는 연극 『원조 햄릿Ur-Hamlet』 역시 존재했다. 셰익스피어가 『햄릿』 발표 이전에 낳은 아들의 이름은 '햄닛'이었다. 결과적으로 『햄릿』은 셰익스피어에 이르러 흠잡을 곳 없는 텍스트로 완성되어 오늘날에도 많은 변주를 낳고 있다.

왕자 암레트와 왕비 게루트

셰익스피어 햄릿 왕자의 모델로 지목되는 인물은 유틀란트(지금의 덴마크)의 왕자 암레트다. 암레트의 이야기는 1200년경 덴마크 학자 삭소 그라마티쿠스가 라틴어로 쓴 데인족(덴마크계 게르만족) 역사서에 기술되어 있다. 암레트의 아버지 오르벤딜과 동생 펭기가 유틀란트를 공동으로 다스렸으나, 형의 성공을 질투한 동생이 형을 죽이고 형수를 탐하며 유일한 국왕 자리에 오른다. 암레트는 미친 척하여 펭기의 암살을 피한 후 극적으로 복수해 나라를 되찾는다.

여기서 한 가지 살펴봐야 할 이름 놀이가 있다. '암레트Am-leth'라는 이름의 맨 뒤 글자 'H'를 맨 앞으로 옮겨 붙이면, 셰익스피어 비극의 주인공 '햄릿Hamlet'이 된다. 우연의 일치라고 보기 어렵다.

암레트 어머니 이름은 '게루트Geruth'다. 셰익스피어 햄릿의 어머니 이름 '거트루드Gertrude'와 유사하다. 햄릿 전설의 유산이 셰익스피어 작품에 수용됐다고 추측해볼 수 있는 대목이다.

이 라틴어 햄릿 이야기는 프랑스어로 번역되어 1570년 프랑수아 드 벨포레스트의 『비극 이야기』에 수록됐다. 프랑스어판 『비극 이야기』가 다시 영어로 번역되어 영국에서 출간된 시점은 1608년이다. 셰익스피어의 『햄릿』은 1600년 발표됐다. 그렇다면 셰익스피어가 영국판 『비극 이야기』를 읽지는 못했겠지만, 그라마티쿠스와 벨포레스트 두 개의 버전을 참조했을 가능성도 있다.

『원조 햄릿』과의 관계도 따져볼 필요가 있다. 『원조 햄릿』의 저자로 간주되는 인물은 『스페인의 비극』(1585)의 작가 토머스 키드다. 영국 르네상스 복수극의 전범으로 꼽히는 『스페인의 비극』은 죽은 연인의 복수를 위해 연극을 꾸민 후 원수를 살해하는 여인 벨-임페리아를 다룬다. 반면 그라마티쿠스-벨포레스트 버전에서는 연극을 이용해 복수하는 내용이 없다. 셰익스피어가 『스페인의 비극』에서 연극을 이용한 복수라는 아이디어를 얻어 『햄릿』의 극중극 〈쥐덫〉을 넣었을 가능성도 배제할 수 없다.

1590년대에 연극 『원조 햄릿』이 무대에 오른 기록이 몇 가지 남아 있다. 그중 극작가 토머스 로지는 1596년 일기에 공연과 관련해 "햄릿 복수하라!"라고 적었다. 『스페인의 비극』이 『햄릿』과 같은 복수극 장르이므로 『햄릿』의 초벌구이쯤 되는 『원조 햄릿』이 토머스 키드의 작품이라고 보는 견해가 현재에도 강하다.

『원조 햄릿』의 단독 혹은 공동 저자가 셰익스피어라는 의견도 있다. '햄릿'과 철자 하나(N)만 다른 셰익스피어의 아들 '햄닛Hamnet'은 1585년에 태어났다. 사실 햄닛과 쌍둥이 누이 '주디스'의 이름은 영국 스트랫퍼드에 살던 셰익스피어 이웃 부부의 이름을 그대로 따왔다. 당시에는 철자 'N'과 'L'을 바꿔 '햄닛'과 '햄릿'을 같은 이름으로 사용하기도 했다고 한다.

『왜 시계태엽 바나나가 아니라 시계태엽 오렌지일까?』의 저자인 게리 덱스터는 희곡 『원조 햄릿』이 1580년대 중반에 집필됐다면(기록에 근거해) 1585년 스물한 살에 극작가를 시작한 셰익스피어가 이 작품을 아들 햄닛의 탄생 기념 선물로 썼을 가능성에 무게를 둔다. 불행하게도 셰익스피어의 아들 햄닛은 1596년 11세로 사망했다. 이 경우 1600년, 서른여섯 살이 된 셰익스피어가 아들의 죽음 이후 비극적 성격을 대폭 강화해 『햄릿』을 완성했을 개연성이 생긴다.

셰익스피어가 햄릿 전설이나 그라마티쿠스-벨포레스트 버전을 차용했다고 해도 『햄릿』의 위대함이 반감되는 것은 아니다. 이 비극을 심연으로 끌고 간 것은 햄릿이라는 자기 파괴적 캐릭터다. 허먼 멜빌의 소설 『모비딕』에서 자신의 성격적 결함으로 인해 모두를 파멸로 이끄는 에이헤브 선장처럼.

햄릿의 파멸적 캐릭터를 일찍이 통찰한 인물은 러시아 대문호 이반 투르게네프다. 그는 『햄릿과 돈키호테』(1860)를 통해 인간 유형을 두 가지로 분류했다. 하나는 자신의 이상에 헌신하고 하나의 목표를 향해 나아가는 저돌적 인간형인 돈키호테, 다른 하나는 고민만 하며 인생을 소모하는 우유부단한 인간형인 햄릿이다.

이러한 캐릭터를 완성한 것이 바로 셰익스피어의 천재성이다. 셰익스피어가 참조했으리라 추정되는 그라마티쿠스-벨포레스트 버전은 주인공 암레트 왕자가 복수에 성공하는 해피엔딩이다. 20대 초반으로 연륜이 짧은 셰익스피어가 단독 혹은 공동 집필했을 가능성이 있는 『원조 햄릿』조차 그라마티쿠스-벨포레스트 버전에 기초한 해피엔딩이었을 가능성이 크다. 더더욱 그것이 아들 햄닛의 탄생 기념 선물이었다면, 그렇게 처참한 결말을 아들에게 선물할 아버지는 없지 않을까.

누구든 마찬가지다. 문제가 발생하면 그 핵심을 파악하고 행동을 통해 해결해야 한다. 햄릿은 어떠한가? 그는 기질상 삶의 본질에서 겉돌기만 한다. 우유부단함으로 인해 인생을 고민하고 연극하는 데 소모한다. 어찌 보면 그것이 그의 오랜 취미생활일지 모른다. "to be or not"이라는 햄릿의 번뇌가 멋있어 보이는 것은 한순간뿐이다. 그 가운데 햄릿은 자아분열로 접어든다. 현상은 자신에 대한 혹은 주변 인물에 대한 가학적 성향으로 나타난다.

햄릿은 그 구렁텅이에서 빠져나올 충분한 기회와 여건이 있다. 그는 미친 것도 아니었으며, 분별력 역시 멀쩡하다. 궁정에서 연극 〈쥐덫〉을 무대에 올리고 약혼녀 오필리어와 왕비 거트루드 등을 정신적으로 학대하기 직전, 친구 호레이쇼와 나눈 대화가 그것을 입증한다.

"여보게 호레이쇼, 나는 스스로 영혼 속에 분별력이 생겨서 인간의 선과 악을 가릴 줄 알게 된 때부터 자네를 영혼의 벗으로서 정해 놓았네. (…) 자네라는 인간은 감정과 이성이 잘 조화되어 운명의 손가락이 노는 대로 소리를 내는 통소가 되지 않는 사람, 그런 사람은 참 행복한 사람이네. 정열의 노예가 되지 않는 사람, 그런 사람이 있다면 나는 내 마음속 깊은 곳에 간직하고 다니려네. 자네가 바로 그런 사람이네."

이 말에 따르면 햄릿은 행복을 얻는 길이 무엇인지 알며, 자신이 건전함의 영역 밖에서 자기 파괴의 길을 걷고 있음을 인지하고 있다. 게다가 햄릿 곁에는 충직하고 믿을 만한 친구 호레이쇼까지 있다.

불행과 파멸로 치닫는 것은 외적 요소보다는 햄릿의 생래적 기질에 기인한다. 분노에 사로잡힌 햄릿은 약혼녀 오필리어의 아버지 폴로니어스를 칼로 찔러 죽인 후 그 시체를 질질 끌고 가 감추어둔다. 아무리 폴로니어스가 왕과 왕비의 하수인이라 할지라도, 미래의 장인이기도 하다. 오필리어를 배려하면 그 부친의 시체까지 모독하는 일은 단순한 분노의 차원을 넘어선다. 오필리어가 미쳐서 물에 빠져 죽게 한 원인 제공자는 햄릿이다.

햄릿의 가학은 왕비 거트루드에 대한 모독에서 절정에 이른다. 햄릿은 새 왕의 아내가 된 어머니를 비비 꼬아서 비난한다.

"비계 같은 왕이 꾀거든 침실로 따라가시구료. (…) 그때는 얘기를 다 고해 바치시구료. 실은 그 애가 미친 것이 아니라, 미친 척 가장한 것이라고. 그렇게 사실대로 아뢰는 것이 유리할 겁니다. 그야 미모와 숙덕과 현철을 겸비하신 왕비가 아니고서야 누가 그런 중대사를 숨기려 하겠습니까, 그 두꺼비 같은 아범, 박쥐 서방, 수꿩 이놈한테?"

온갖 변화구만 던지는 햄릿은 파멸과 불행의 블랙홀이다.

그와 깊이 얽힌 사람은 대부분 죽는다. 아버지가 살해당하는 불행이 찾아들지 않았다면 그는 행복했을까? 우유부단, 고민, 연극이 오랜 취미생활인 그는 어떤 환경에서도 불행할 것이다. 『햄릿』에서 햄릿가가 전멸한 후 어부지리로 덴마크를 접수한 인물은 노르웨이 왕자 포틴브라스다. 호시탐탐 덴마크를 노리는 포틴브라스를 두고도 왕이 된 햄릿은 밤낮없이 "전쟁이냐, 평화냐 그것이 문제로다"를 중얼거렸을 것 같다.

여자 햄릿, 남자 오필리어

논란의 텍스트 『햄릿』을 변주하고자 하는 다양한 도전이 공연무대를 중심으로 계속되는 것은 자연스러운 현상이다. 국립극단이 2021년 무대에 올린 연극 〈햄릿〉(부새롬 연출, 정진새 각색)에서는 햄릿이 여자고, 오필리어가 남자다. 성性 역할을 뒤바꾼 『햄릿』 버전이다. 무대 세트와 배우들의 복장은 현대적으로 연출된다. 극은 더 나아가 직업적 특수성도 부여했다. 햄릿은 해군 장교, 오필리어는 화가다.

극은 선왕 서거 후 조사 위원회가 꾸려지고 새 왕 즉위식이 시작되면서 펼쳐진다. 햄릿의 어머니이자 새 왕의 왕비가 된 거트루드는 "전쟁으로 피폐된 이 나라를 바로 잡겠다"며 새 왕의 즉위를 알린다. 이후에 새 왕 클로디어스가 햄릿과의 독대에서 "전쟁에 지쳤다. 난 사는 것을 선택했어. 형은 과거의 망령"이라며 선왕을 비난한다. 새 왕과 왕비는 선왕을 "전쟁광"으로 규정함으로써 자신들이 결합한 정당성을 확보하려 한다.

햄릿은 선왕의 죽음과 관련해 숨겨진 진실을 드러내는 데 모든 것을 건다. 이로 인해 극은 셰익스피어 버전보다 좀 더 행동하는 햄릿 캐릭터를 추동할 수밖에 없다. 오필리어 역시 아버지 폴로니어스의 죽음에 대해 "진실을 말해주십시오"라고 새 왕에게 요구하며 광대들과 함께 "원숭이 엉덩이는 빨개"라는 노래를 부르고 다닌다.

연극 〈거트루드〉(홍란주 작·연출, 2019)는 왕비 거트루드의 입장에서 본다. 햄릿, 오필리어, 심지어 클로디어스마저 거트루드 개인의 욕망을 달성하기 위해 이용된다. '희대의 죄인'이 된 왕비의 또 다른 내면을 들여다보는 시도 역시 흥미롭다. 디즈니 애니메이션 〈라이온 킹〉(1994)은 〈햄릿〉 텍스트를 해체했다가 다른 형식으로 재조합한 경우다. 타국에서 떠돌이가 된 사자 심바는 방황과 고민의 달인 햄릿과 자연스럽게 겹쳐 보인다.

햄릿 같은 유형은 삶에서 멀어진 채 자기 파괴, 자아분열로 치닫는다. 제2, 제3의 햄릿은 우리 주변에서도 흔히 만날 수 있다. 그것이 바로 『햄릿』의 영원한 생명력이지 않을까.

베르사유의 장미와
앙투아네트 사이

프랑스 루이 14세는 "짐이 곧 국가다"라며 왕권신수설을
주장했다. 대부분의 국가에서 왕은 신의 화신 혹은 신의 후손
이었으며 왕권은 신성했다. 왕비는 왕가의 꽃이자 안주인으
로 추앙받았다. 그중에서 가장 유명했던 왕비는 루이 16세의
아내 마리 앙투아네트(1755~1793)다. 절대왕정 붕괴의 마지
막 순간까지 로코코 양식의 화려함을 뽐낸 그녀는 '베르사유
의 장미'였으며, 프랑스혁명(1789)으로 단두대에서 처형된
비극의 주인공이었다.

앙투아네트만큼 찬사, 비난, 동정을 동시에 받은 왕비가 또
있을까? 어린이들이 동화책을 읽으며 꿈꾸던 아름답고 예쁜
공주, 왕비의 표상이 바로 앙투아네트였다. '적자赤字 부인',
'오스트리아의 암캐', '부정不貞 부인' 등 세간의 악평에 시달

린 것도, 합스부르크가와 부르봉가 정략결혼의 희생양으로 동정을 받은 것도 그녀의 운명이었다. 스웨덴 귀족 페르젠과의 운명적 로맨스는 그녀의 유명세에 방점을 찍었다. 최후의 순간에도 엄마로서 아이들을 지키기 위해 그녀가 보여준 모성애, 형장 가는 마지막 길에서도 왕가 안주인의 자존심을 지키려던 의연한 자세….

앙투아네트에 대한 관심은 시간이 지나도 식을 줄 모른다. 그녀에게는 공인의 삶과 개인의 삶이 있었다. 그것은 둘이기도 했고 하나이기도 했다. 슈테판 츠바이크의 평전 『마리 앙투아네트 베르사유의 장미』(1932), 이케다 리요코의 만화 『베르사유의 장미』(1972), 엔도 슈사쿠의 소설 『왕비 마리 앙투아네트』(1978) 등에서 비롯된 연극과 뮤지컬이 화려한 베르사유궁전을 배경으로 그녀를 되살려낸다. 그 기록과 작품들을 지나오며 변혁의 한복판만 아니었다면 평범한 왕비의 삶을 살지 않았을까, 하는 아쉬움이 남는다.

베르사유궁전 안주인의 삶

앙투아네트는 오스트리아 여제 마리아 테레지아가 낳은 열여섯 아이 중 열다섯째로 활발하고 상냥했다. 1770년 프랑스 왕세자 루이 16세와 결혼하면서 열다섯 살에 공인이 되었다. 프랑스로 가면서는 모든 것을 오스트리아 땅에 두고 가야 했다. 공부와 사색을 싫어하고, 잔머리로 가정교사들을 골탕 먹이던 말괄량이 소녀가 맞이한 인생 2막이었다.

츠바이크에 따르면 앙투아네트는 "평범한 여인"에 불과했다. 그러한 인간이 감당할 수 없는 거대한 소용돌이에 내던져진 것이 비극의 원인이라고 진단한다. 츠바이크는 "쾌활하고 구김살 없는 그녀의 유희 세계 안으로 혁명이 밀어닥치지만 않았더라면, (…) 이 여인은 수많은 여인들과 별다를 바 없이 무심히 살아갔을 것이다. 춤추고 잡담하고 연애하고 웃고 화장하고 사람들과 만나고 적선도 하고 아이를 낳고, 마지막에는 사람들의 마음속에 자취도 남기지 않고 조용히 임종의 침상에 누웠을 것"이라고 설명한다.

베르사유궁전 왕세자빈, 왕비로서의 삶은 행복하지 않았다. 프랑스의 적대국 오스트리아 소녀가, 프랑스어도 제대로 못 하는 왕세자빈이 기댈 수 있는 대상은 남편 루이 16세뿐이었지만, 그는 결혼 후 7년 동안이나 그녀를 처녀로 지내게 했다. 그것은 무엇을 의미하는가. 사랑은 없었다. 남편은 육체적 결함 탓에 남자 구실을 제대로 하지 못했고, 앙투아네트의 가슴에는 공허함이 깃들었다. 앙투아네트에 대한 미안함으로 남편은 그녀가 원하는 것은 무엇이든 들어주려 했다. 두 사람 사이에 사랑은 없었지만 부부로서 모양은 유지하며 살았다.

그녀의 텅 빈 마음은 막대한 지출을 초래한 유흥, 취미, 도박 등으로 채워졌다. 훗날 루이 16세 치세 12년 동안 12억

5000만 리브르라는 천문학적 빚이 쌓였고, 왕실의 빚은 피폐한 삶을 사는 서민들에게 극도의 분노를 유발했다. 왕비 개인 공간인 트리아농 성을 사들이는 데 2000만 리브르를 쓴 일도 혁명 세력에게 용서받지 못했다.

루이 16세는 "결코 멍텅구리나 모자라는 사람은 아니었지만" 절대왕정의 구심점으로서 가당치 않은 인물이었다. 츠바이크의 평가는 에누리가 없다.

그는 세관원이나 관리에 안성맞춤인 사람으로 독자성이 부족한 보통 지능을 가진 대표적인 사람이었다. (…) 사건의 그늘에서 극히 기계적인 하급의 역할이라면 무엇에든지 걸맞았겠지만, 꼭 한 가지, 통치자 역할만은 적합하지 않은 지능의 소유자였다.

루이 16세의 유일한 취미는 대장간에서 물건 만들기나 사냥이었으며, 사치나 낭비를 하지 않았고, 악행을 저지르지도 않았다. 로베스피에르가 이끈 국민공회는 왕의 잘못을 찾아내지 못해 사형 언도를 하는 데 애를 먹었다고 한다. 공인 앙투아네트의 삶은 혼자만의 문제가 아니었다. 악의 없이, 별생각 없이 주어진 삶을 산 루이 16세와 앙투아네트 중 어느 한쪽이라도 시대의 변화를 읽고 대처하려는 생각이 있었더라면, 전혀 다른 여생을 보낼 수 있지 않았을까. 앙투아네트의 모친 마리아 테레지아의 걱정대로 왕관의 무게와 책임을 의식하지 못한 부부의 비극이었다.

두 사람을 심판할 자는 신뿐

앙투아네트는 벽도 귀로 엿듣는다는 궁정에서 개인으로서
의 삶도 살았다. 사랑, 그것이 가져올 시련을 알면서도 공인의
껍데기에 갇혀 살기를 거부했다. 스웨덴 귀족 한스 악셀 폰 페
르젠과의 사랑은 진실했다. 한때의 바람이 아니었다. 앙투아
네트에게도 단 하나의 사랑, 페르젠에게도 목숨을 건 단 하나
의 운명이었다.

이케다 리요코의 만화 『베르사유의 장미』는 사교계에서
"얼음 밑에 불꽃같은 마음을 가진 남자"로 불린 페르젠과 앙
투아네트의 사랑을 전개의 한 축으로 놓았다. 실제로 페르젠
은 북유럽의 귀족 미남자였다. 유럽을 떠돌며 귀족 수업을 받
던 페르젠은 마지막 여정을 프랑스 파리로 잡았다. 그들은
1774년 1월 30일 저녁 오페라 무도회에서 우연히 마주쳤다.
페르젠은 가면을 쓴 한 귀부인에게 호감을 갖고 재미있게 대
화를 했다. 그러자 시녀들이 우르르 몰려들어 그 귀부인을 데
려갔다. 바로 앙투아네트였다. 그다음 날 사교계에 페르젠에
대한 소문이 퍼졌다.

만화 『베르사유의 장미』가 그 사건을 놓칠 리 없었다. 만화
에서는 그날 오페라 무도회에서 왕비를 호위한 인물로 남장

여자 근위대장 오스칼을 등장시킨다. 앙투아네트는 페르젠과의 관계를 조심하라고 충고하는 오스칼에게 자신의 감정을 조금도 숨기지 않는다.

"나는 마리 앙투아네트라는 한 여성으로서의 존재를 까맣게 잊어버렸어요. 그러나 오스칼 프랑소와, 같은 여자라면 당신도 알 테죠?! 나는 왕비이기 전에 인간이에요! 살아 있는 마음을 가진 한 사람의 여성이에요! 사랑하고 사랑받고 싶어 하는, 다른 사람들과 마찬가지로 몸을 떨며 기다리는 한 사람의 여자예요!"

역사적 사실과는 다르다. 공인의 삶을 살던 앙투아네트가 이렇게 외쳤다는 기록은 남아 있지 않다. 하지만 허구로서의 만화는 당시 앙투아네트의 내면, 마음의 소리를 속 시원하게 들려주려 했다. 독자들은 이 만화에 열광했다.

페르젠과 앙투아네트는 실제로 '플라토닉러브'를 이어갔다. 페르젠은 진정한 기사였고, 그들의 관계가 알려져 앙투아네트가 다치기를 바라지 않았기 때문이다. 두 사람은 4년 만의 재회(1778)에서 서로 반했음을 확인했다. 또다시 왕궁이 수군거렸고, 페르젠은 그녀를 보호하기 위해 미국 원정군에 지원해 아메리카 대륙으로 떠났다. 앙투아네트가 혁명의 격랑에 고립된 1788년, 페르젠은 연인관계를 본격화했다. 두 사람은 끝까지 플라토닉러브를 유지했을까? 츠바이크는 앙투아네트와 하룻밤을 온전히 지냈다는 페르젠의 일기를 근거로 육체적 관계를 맺었다고 확신한다.

만화는 두 사람의 첫날밤을 1792년 2월 13일로 특정했다. 페르젠은 목숨을 걸고 앙투아네트가 혁명 세력에 유폐된 장소로 숨어들었다. 하나가 된 두 사람의 육체를 아름답게 그린 화자의 설명이 인상적이다. "눈동자와 눈동자를 마주 보며, 젊은 영혼을 떨게 했던 첫 만남의 날로부터 실로 19년…. 두 사람을 심판할 것은 오직 신뿐….."

불멸의 캐릭터 오스칼

역사적 인물만이 영광의 자리에 있으라는 법은 없다. 만화 『베르사유의 장미』를 역대급 순정만화 자리에 올린 핵심 캐릭터는 목숨을 바쳐 왕비를 호위하는 남장여자 근위대장 오스칼이다. 가상의 인물이지만 이 작품에서 실질적인 주인공 역할을 한다. 프랑스대혁명이 촉발되는 베르사유궁전 바깥 상황 전달, 왕정의 부조리 관찰, 로베스피에르나 나폴레옹 같은 인물과의 연결고리 등은 모두 오스칼의 몫이다. 오스칼은 왕정 수호를 담당한 귀족이지만 마지막에는 시민들의 편에 서서 왕정을 무너뜨리는 데 앞장선다. 여성이라는 한계를 극복하고 군대 지휘관으로서 부하들의 존경을 얻는다. 또한 페르젠을 짝사랑했으나 포기하고 오랜 친구 앙드레와 신분을 뛰어넘는 사랑을 완성하며 죽은 오스칼은 불멸의 생명력을 얻는다.

오스칼의 중요한 역할이 하나 더 있다. 앙투아네트를 무조건 미화하지 않는다. 작가는 오스칼의 시선을 통해 "그러나 그렇게 사치스럽게 노는 동안… 단 한 번도 앙투아네트님은 시민의 생활을 살펴보려 하지 않았다"고 지적한다. 앙투아네트에게 뼈아픈 대목이다.

남장여자 오스칼이라는 캐릭터는 일본 유명 여성가극단 다카라즈카의 연극 〈베르사유의 장미〉(1974)로 더욱 빛을 발한다. 다카라즈카는 남장여자를 주인공으로 한 연극으로 유명한 극단인데, 〈베르사유의 장미〉만큼 이 극단의 정체성에 부합하는 작품은 없다. 2014년까지 500만 명 이상이 이 공연을 감상했다.

엔도 슈사쿠의 소설 『왕비 마리 앙투아네트』(1981)에서는 오스칼의 자리를 '마그리트'라는 앙투아네트의 이복동생이 대체한다. 이 역시 가상의 인물이다. 스토리를 구성할 때, 베르사유궁전에 갇혀 있는 앙투아네트의 한계는 분명하다. 베르사유궁전 밖을 돌아다니면서도 앙투아네트와 연결되어 있는 인물이 필요하다. 왕정의 대척점에 선 역할까지도 비슷하다. 마그리트는 사회 부조리에 분노하고 혁명을 주도한다.

엔도 슈사쿠의 소설은 원작이 되어 뮤지컬 〈마리 앙투아네트〉(2006)로 뻗어나갔다. 뮤지컬 〈마리 앙투아네트〉는 베르사유궁전의 화려한 배경을 부각하고, 페르젠과 앙투아네트의 사랑을 최대한 숭고하게 그려 담는다. 그러한 와중에 마그리트는 '정의란 무엇인가'라는 질문을 던져 화려하기만 해서 공허할 수 있는 무대에 무게감을 불어넣는다. 앙투아네트의 죽음을 통해 마그리트의 정의관도 바뀌고, 앙투아네트의 삶도 정당성을 부여받는다.

공인의 삶과 개인의 삶을 모두 살았던 앙투네아트는 폭넓은 해석의 여지를 주지는 않았지만, 세간의 관심을 끌 만한 다양한 요소는 충분했다. 1634년 루이 13세가 사냥궁으로 축조했고, 루이 14세가 20년간 증폭해 1682년 완공한 베르사유궁전의 마지막 안주인이라는 지위는 누구도 넘볼 수 없는 그녀만의 프리미엄이다. 그 지위는 철이 없었지만, 뒤늦게나마 진지한 인간으로 눈을 떠 왕가의 자존심을 지키고 존엄한 최후를 맞은 앙투아네트 스스로 쟁취한 것이다.

칼의
정의

한국의 동쪽에 자리한 일본은 특이한 집단이다. 무武를 숭상하는 사무라이(侍)가 칼을 앞세워 약 700년 동안 군부독재로 이어온 나라다. 그 나라의 기둥은 전쟁과 죽음을 두려워하지 않는 엘리트 무사 집단인 사무라이였다. 그들은 불명예스럽게 사느니 죽음을 택했다. 적에게 잡히기 전에 할복하는 것이 명예를 지키는 방법이었다. 문文에 치중한 조선으로서는 이해할 수 없는 집단이었다. 그로 인해 조선은 36년 동안 근대화된 사무라이 국가에 합병을 당하는 수모를 겪었다.

스티븐 턴불의 저서 『사무라이』(플래닛미디어, 2010)는 "최초에 사무라이는 수도를 호위하기 위해 모여든 사람들을 가리키는 것이었으나, 시간이 지나면서 강한 힘을 지닌 영주를 호위하는 무사들을 지칭하기 시작한다"고 그 기원을 설명했다.

사무라이는 칼과 자신을 일체화했다. 일본도刀는 "사무라이의 영혼"으로 일컬어졌다. 칼싸움은 빈번하게 일어났고, 칼한 끗 차이로 목이 왔다 갔다 했다. 칼은 힘이고, 곧 정의였다. 영주가 패배하면 가신들과 그 일가도 따라 죽어야 했다. 숨이 끊어진 자가 무슨 정의를 말할 수 있겠는가.

옛날 사무라이의 이야기는 현대 일본에서 무武에 대한 로망으로 가공되어 전 세계에서 소비되고 있다. 1980년대부터 재패니메이션의 전성기를 이끈 베스트셀러『북두의 권』(1983),『드래곤 볼』(1984),『원피스』(1997),『배가본드』(1998),『나루토』(1999),『진격의 거인』(2009),『귀멸의 칼날』(2016) 등이 그 계보를 잇는다. 이 작품들은 공통적으로 '힘'이라는 주제에 치중한다. 이러한 변주들을 유발하는 오리진의 위치에 일본 중세 고전 영웅소설『요시츠네』가 자리한다.

주군이 할복할 때까지 할 일은

소설『요시츠네』는 일본 최초의 막부 정권인 가마쿠라 막부(1185~1333) 탄생 과정에서 희생된 사무라이 요시츠네의 최후를 영웅적으로 그린다. 사무라이의 전범典範으로『요시츠네』만 한 작품은 찾기 어렵다.

일본 헤이안 시대(794~1185) 말기. 막강한 권력을 가진 두 사무라이 집안, 겐지(源氏)와 헤이케(平家)가 존망을 건 일전을 벌였다. 일본 중세의 패권을 결정한 겐페이(源平) 전쟁이다. 겐지의 선봉으로서 헤이케를 멸망시킨 주인공이 바로 요시츠네다. 외부의 적이 몰락한 후, 요시츠네는 정권을 틀어쥔 의붓형 요리토모와 갈등을 빚었다. 요리토모는 군사를 보내 일본 최북단 오슈로 피한 요시츠네를 공격했고, 요시츠네는 중과부적衆寡不敵으로 패배를 막을 수 없었다.

일본인들이 이 스토리를 사랑하는 이유는 요시츠네와 최후를 같이한 가신들이 보여준 충忠 때문이다. 500명의 적이 포위한 순간에도 10여 명의 가신들은 필사적으로 저항했다. 주군인 요시츠네가 마지막을 정리하고 할복할 시간을 벌어주기 위해서였다. 최후의 2인 중 하나인 벤케이가 바깥 상황을 알리기 위해 요시츠네의 거처로 뛰어든 장면을 『요시츠네』에서는 다음과 같이 묘사했다.

요시츠네는 지불당에서 법화경의 마지막 권을 읽고 있었다. "싸움은 어떻게 되었느냐?" "막바지에 이르렀사옵니다. (…) 이제는 저 벤케이와 가타오카만이 남았사옵니다. 주군을 다시 한번 뵙고자 왔사옵니다. 주군께서 먼저 가시오면 북망산에서 기다리소서. 제가 먼저 죽으면 삼도천에서 기다리겠나이다." "어찌된 일인지 경을 마저 읽고 싶구나." "마음 놓으시고 끝까지 읽으소서. 벤케이가 어떻게든 막아보겠사옵니다. 비록 죽더라도 경을 끝까지 읽으실 때까지는 지켜드리겠나이다."

벤케이를 비롯한 요시츠네의 수하 중 적의 손에 죽은 자는
없었다. 모두 적을 몇 명씩 죽인 후 힘이 다하면 스스로 배를
갈랐다. 그들의 모습은 피를 뒤집어쓴 야차와 같았을 것이다.
요시츠네는 『법화경』을 읽은 후 호신용으로 소유하던 단도
이마츠루기(今劍)로 할복했다. 요시츠네의 아내는 피신 권유
를 거부하고 남편과 최후를 같이했다. 이들의 집단 자살은 명
예를 지키는 방식으로 전해졌고, 에도시대 사무라이 47명의
집단 복수·자살극인 '주신구라(忠臣藏) 사건'(1701)으로 심
화되었다. 그것은 제2차 세계대전에서도 일본인의 정신을 지
배했다. 문화인류학자 루스 베네딕트는 저서 『국화와 칼』(문
예출판사, 2008)에서 "(미국과 싸우는 일본) 병사들은 죽음
자체가 정신력의 승리라 생각했다"고 지적했다.

힘에 복종하는 것만이 살길

임진왜란 직후 수립된 에도 막부(1603~1867)는 사무라이
계급을 우대하며 통치 체제를 공고히 했다. 사무라이는 상민
(농민, 장인, 상인)에게 칼을 사용할 수 있는 권리가 있었고,
사무라이 계급에 무례하거나 경의를 표하지 않는 상민을 그
자리에서 벨 수 있었다. 사무라이에게는 다른 직업이 허용되

지 않았다. 사무라이는 녹봉을 받으며 쇼군이나 다이묘를 지켜야 했다. '쇼군(將軍, 막부의 우두머리)―다이묘(大名, 쇼군에게 영지를 하사받은 영주)―사무라이―상민'의 수직적 위계질서는 에도 막부가 추구하는 이상적인 중세 봉건 체제였다.

사무라이의 엘리트적 지위는 조상으로부터 받은 것이었다. 그것은 정통성을 확보해주었고, 사무라이의 명예와 체면이 목숨보다 소중하다는 인식을 심어주었다. 따라서 사무라이는 대결하는 맞상대에게 자신의 시조로부터 비롯된 가문의 계보를 한참 읊어 내려갔다. 서로의 지위를 가늠하는 행위였다. 이에 대해 루스 베네딕트는 『국화와 칼』에서 "일본인을 이해하려면 우선 '각자가 자신에 알맞은 위치를 점한다'는 것이 무엇을 의미하는가를 알아야 한다. 그들의 위계질서에 대한 신뢰"라고 설명했다.

자신에 알맞은 위치는 힘의 크기로 결정되었다. 힘의 크기에 복종하는 것만이 살길이었다. 일본 사회의 모든 구성원은 천황과 쇼군을 정점으로 구성된 계급의 피라미드에서 자신의 위치를 파악하고 안전을 추구했다. 조급하게 자신이 가진 힘의 크기를 오판하는 것은 곧 죽음이었다. 힘이 부족하면 상대에게 복종하고, 가면의 미소를 지으며 마음을 감춘 후에 힘을 길러 상대를 넘어섰다. 그때가 되어서야 비로소 전면전을 감행했다. 청일전쟁(1894), 러일전쟁(1904), 진주만 공습

(1941) 때도 같은 방식이었다. 칼이 힘이고 정의인 사무라이 세계관에서 약자는 힘을 길러 성장하는 것이 급선무였다.

약자를 보면 신물이 올라오지

만화, TV판 애니메이션, 극장판 애니메이션의 순서를 밟아 나가는 일본 베스트셀러는 사무라이 세계관에서 벗어나는 법이 거의 없다. 『원피스』의 팬이라면 해적 사황툐 중 하나인 샹크스가 자신이 쓰고 있던 밀짚모자를 루피에게 선물로 주는 장면을 잊을 수 없으리라. 루피에게 "(힘을 길러) 해적왕이 되겠다"는 인생의 포부를 심어놓은 롤모델은 해적왕 샹크스다. 일본 해적왕의 오리진으로는 나오시마(直島)에 자신의 성을 건설하고 투구에 커다란 황금 조개 장식을 단 무라카미 다케요시(1533~1604)를 꼽을 수 있다. 자신의 깃발에 전쟁의 신 '하치만(八幡)' 표식을 써넣은 무라카미 다케요시를 비롯해 여러 해적왕이 누리던 독립적인 지위는 다이묘들과 다를 바 없었다. 해적은 일본에서 제도권(사무라이 계급)에 편입되지 못한 장외 무장 세력이었으며, 유럽인에게 용병으로 고용될 정도로 행동반경이 넓었다. 임진왜란 당시 한반도에 급파된 지휘관을 비롯한 일본 수군 전력의 상당수가 해적 출신이었다는 것은 잘 알려진 사실이다.

『나루토』에서 닌자들이 사는 나뭇잎 마을의 4대 '호카게'

(지도자)의 아들인 나루토가 "나도 언젠가 호카게가 될 몸"이라고 외치는 것은 『원피스』의 루피와 유사하다. 닌자는 전국시대 최고의 암살 집단으로 다이묘와 사무라이 들에게 공포의 대상이었다. 해적과 닌자, 사무라이는 비제도권과 제도권이라는 차이가 있을 뿐, 극단적으로 무武를 추구하는 집단이었다.

『귀멸의 칼날』에 이르면 주인공(귀살대鬼殺隊 진영)이든, 적대자(혈귀血鬼 진영)든 모두가 노골적으로 사무라이 시스템 안에 있다. 주인공인 소년 카마도 탄지로가 친구들과 함께 귀살대에 입대해 '혈귀'라 불리는 오니들과 맞서 싸운다. 이 무사 집단은 사무라이의 위계를 따르고 있다. 탄지로와 친구들은 일반 대원이며, 실력을 키워서 '기둥(柱)'으로 진급해야한다. 기둥은 귀살대의 수장을 보좌하며, 일반 대원을 통솔하는 간부다. 불꽃 같은 머리 스타일을 한 검객 렌코쿠가 기둥 멤버 중 하나다. 도신刀身에 '악귀멸살惡鬼滅殺'이라는 문구를 새긴 일륜도를 소지한 기둥들은 사무라이의 다이묘에 가장 가까운 듯 보인다.

기둥	일반 대원 등급									
주 柱	갑 甲	을 乙	병 丙	정 丁	무 戊	기 己	경 庚	신 辛	임 壬	계 癸

귀살대 계급 체계

인간을 잡아먹는 혈귀 조직 역시 사무라이 같은 위계로 운영된다. 혈귀의 정점에 악의 화신 키부츠지 무잔이 있고, 그 아래로 상현上弦과 하현下弦으로 나뉜 십이귀월, 일반 괴수 들이 서열화된다. 혈귀는 신체가 잘려도 곧바로 재생되고 인간의 무의식을 넘나들며 정신까지 파괴할 정도로 강하다.

혈귀는 단순한 악귀가 아니다. 극단적인 강함만 추구하는 존재들의 모임이다. 약함은 혐오의 대상이다. 이러한 철학을 받아들이면 살아 있는 인간도 혈귀가 될 수 있다. 상현3 아카자는 "나도 약한 인간이 싫어. 약자를 보면 신물이 올라오지"라고 외친다. 이 혈귀는 "혈귀가 되어라. 강해질 수 있다"며 렌코쿠를 포섭하기까지 한다.

혈귀를 극복하기 위해서는 귀살대가 더 지독해져야 한다. 인간을 악몽의 세계에 빠트려 자신의 먹이로 삼는 하현1 엔무를 상대한 탄지로는 칼로 자신의 목을 베어 악몽에서 탈출한다. 꿈이라 할지라도 자신의 목을 베는 것은 현실과 똑같은 고통과 공포를 동반한다. 탄지로가 자신의 목을 벤 횟수는 셀 수 없다. 실제로 칼로 자신의 목을 벤 채 싸우는 사무라이의 이야기는 미담으로 전해 내려온다.

칼이 선사하는 최강의 힘이 동전의 앞면이라면, 그 뒷면은 절대 고독이다. 전설의 사무라이 미야모토 무사시를 그린 『배가본드』에서 무사시의 초기 라이벌로 등장하는 창술의 달인 인슌이 그런 인물이다. "약함을 덮어 가리기 위해 완전무결한

강함"을 추구한 인슌에게 강함 외의 감정은 없다. 그를 지켜보던 동료는 말한다. "점점 딴 세상의 강함을 얻어가면서 인슌은 점점 고독해져갔다…."

잔인한 칼끝에 휴머니즘은 없다. 그 자리를 채우는 것은 고독이다. 사무라이를 모델로 한 일본 만화의 주인공들도 강함을 추구하지만 적대자들과 목표가 다르다. 귀살대의 탄지로는 "약자를 돕기 위해" 강해지려 한다. "동료 하나 못 구하는 녀석이 호카게가 될 수 있겠냐?"고 외치는 나루토는 누구보다 열심히 수련한다. 인슌과 싸운 이후 무사시는 강함만을 추구하는 단계를 넘어선다. 오히려 단절된 세계에 빠져 있는 자들에게 손을 내밀어 구해준다.

사무라이를 모델로 한 일본의 베스트셀러는 이러한 구도에서 거의 벗어나지 않는다. 다르게 보이는 캐릭터, 외모와 행동, 시대, 복식, 무기라 할지라도.

사망유희

바람둥이는 한마디로 '사냥꾼'이라 할 수 있다. 목표물을 포착하면 그 마음을 얻기 위해 수단과 방법을 가리지 않는다. 납치는 바람둥이의 위험한 사냥술의 하나다. 내뺄 때는 뒤도 돌아보지 않는다. 자신의 즐거움을 위해서라면 목숨이 걸린 도박도 마다하지 않는다.

이러한 바람둥이 캐릭터는 어떤 이야기에서든 스스럼없이 등장하고는 한다. 베르디의 오페라 〈리골레토〉(1851)에서도 비극의 발단은 바람둥이 만토바 공작으로부터 비롯된다. 만토바 공작은 궁정 어릿광대 리골레토의 딸 질다를 납치한다. 만토바는 질다로도 모자라 "여자의 마음이란, 바람에 날리는 갈대와 같이 항상 변한다네"라는 아리아(〈여자의 마음〉)를 부르며 또 다른 여성을 유혹한다. 분노한 리골레토는 만토바 공작을 암살하기로 하는데, 예상치 못하게 만토바 대신 죽은 이는 질다. "저주로다"라는 외침으로 끝나는 비극이다.

　호색한 만토바의 모델이 실존 인물이라는 것은 놀랍지 않다. 〈리골레토〉는 빅토르 위고의 희곡 『환락의 왕』(1832)을 각색했는데, 위고가 작품의 모델로 삼은 사람이 프랑스 왕 프랑수아 1세(1494~1547)였다. 욕망을 즐기는 프랑수아 1세는 위고의 희곡 속에서 "모든 것이 가능하며, 모든 것을 원하며, 모든 것을 가지련다. 세상에 태어난 것이 얼마나 즐거우며, 산다는 것이 얼마나 행복한가"라고 외친다. 우리는 프랑수아 1세의 블랙홀 같은 환희 뒤에 쏟아졌을 눈물을 짐작할 뿐이다.

　세상의 온갖 바람둥이를 한 단어로 수렴하는 이름이 '돈 후안Don Juan'이다. 더 정확히 말하면 돈 후안 테노리오 백작이다. 스페인 카스티야 왕의 총애를 받는 비서관 돈 디에고 테노리오가 그의 아버지이며, 나폴리 주재 스페인 대사 돈 페드로가 삼촌이다. 그의 이름은 스페인어로 '돈 후안', 프랑스어로 '돈 주앙', 이탈리아어로 '돈 조반니', 러시아어로 '돈 구안'이라 불린다. 그럼에도 그는 실존 인물이 아니며, 스페인 수도사 티르소 데 몰리나의 희곡 『석상石像에 초대받은 세비야의 유혹자』(1620) 속에서 창조된 전설의 인물이다. 신의·존재마저 우습게 여긴 돈 후안은 어떤 규칙이나 도덕률에도 얽매이지 않았고, 절대 자유를 추구했다. 복수심에 불타는 사자死者에게도 코웃음 쳤다. 이 호색한은 중세와 근대를 통틀어 가장 눈길을 끄는 캐릭터였으며, 당대의 음악가 모차르트, 문학가 몰리에르, 푸시킨, 바이런 등이 작품 속에서 그를 되살려냈다.

유혹의 다섯 가지 명분

바람둥이라 할지라도 자신의 행위에 대한 명분이나 합리화가 없을 수는 없다. 『석상에 초대받은 세비야의 유혹자』에서 찾아볼 수 있는 돈 후안의 논리는 다섯 가지 정도로 집약된다.

돈 후안은 "여자를 유혹하는 것은 내게는 오래도록 몸에 밴 습관이다"라며 몸종 카탈리논에게 첫 번째 이유를 강변한다. "오래도록 몸에 밴 습관"이라는 말에서 드러나는 것은 누가 뭐라 한들 돈 후안이 바뀔 리 없다는 점이다. 왕의 명령조차 듣지 않는 돈 후안이다. 이 작품의 마지막 대목에서 지옥 불의 고통과 살벌한 죽음이 엄습했을 때에야 그는 그 습관을 포기하고자 한다. 돈 후앙의 칼에 찔려 죽은 기사장 돈 곤살로의 석상이 그의 손을 꽉 잡고 온몸을 불태울 때다. 고통을 견디지 못한 돈 후앙은 "성직자를 불러 고해하고 용서를 구할 수 있게 해주시오"라고 석상에게 부탁하지만 석상은 "너무 늦었다"며 거절한다.

그는 여성을 유혹하는 두 번째 이유를 그리스 신화의 영웅에게서 찾는다. 심지어 "그만하라"는 카탈리논을 무식하다고 다그치기까지 한다.

"무식한 놈, 아이네이아스도 카르타고의 여왕에게 똑같이 했느니라."

돈 후안은 수많은 영웅 중에서 왜 아이네이아스를 소환했을까? 『일리아스』에서 몰락한 트로이의 일족을 배에 태우고 바다를 유랑한 로마 건국의 영웅 아이네이아스는 카르타고에 상륙해 여왕 디도의 도움을 받는다. 『아이네이아스』를 쓴 로마 시인 베르길리우스의 설명에 따르면 아이네이아스와 디도는 동굴 속에서 맺어졌다. 디도는 아이네이아스를 남편감으로 생각했다. 그러나 카르타고를 떠나라는 유피테르의 경고를 받는 아이네이아스는 디도의 간청을 뿌리치고 배에 올랐다. 디도는 아이네이아스가 준 칼로 자신의 몸을 찌른 후 불길 속에 뛰어들었다.

아이네이아스 이야기를 꺼냈을 때는 돈 후안 역시 바다에서 풍랑에 좌초하다가 어촌 해변에서 미모의 처녀 티스베아에게 구원을 받은 직후였다. 아이네이아스가 겪은 상황과 비슷하다는 것이 돈 후안의 생각이다. 생명의 은인인 티스베아를 유혹해 거짓으로 부부의 연을 맺고는 하룻밤을 같이 보낸 후 도망친 행위는 그녀를 처음 본 순간부터 예정된 듯하다. 심지어 돈 후안은 티스베아가 애지중지 키운 두 마리의 말까지 데리고 달아났다.

세 번째 이유는 여성과의 진실한 사랑은 손해라는 것이다.

돈 후안은 "왜냐하면 사람은 진지하지 않게 행동할수록 더 많은 것을 얻을 수 있기 때문"이라고 주장한다. 이 말은 다른 영역에서도 아무렇지 않게 배신을 일삼는 돈 후안의 생각을 엿보게 한다.

네 번째 이유는 자신이 누리는 특권층 신분에 대한 믿음이다. 그는 "내 아버지가 법을 관장하는 분이요, 왕 또한 내 편이니 무슨 걱정이냐?" 하며 여유를 부린다. 사고 칠 때마다 수습해주는 권력층인 아버지가 그에게는 비빌 언덕이다.

다섯 번째 이유는 다소 기괴하다. 돈 후안은 명예를 매우 소중히 여기는 자인데, 여성을 유혹하고 버리는 것은 사나이의 명예와 무관하다는 입장이다. 그가 커다란 대리석 석상의 저녁 식사 초대에 응하겠다는 약속을 깼다면 목숨을 건질 수 있었을 것이다. 돈 후안은 "내가 약속을 지키지 않으면 죽은 자가 나를 명예롭지 못한 자라 떠들고 다닐 것"이라며 카탈리논의 만류를 일축한다.

설령 앞의 다섯 가지 이유를 인정한다고 해도 그는 바람둥이라기보다 악당에 가깝다. 돈 후안은 친구의 여성을 빼앗는 데도 달인이다. 이와 관련해 친구 모타 후작을 곤경에 빠트릴 계략을 세우면서도 "벗신 농락거리가 될 것"이라며 웃음 짓는다.

하늘이 내린 예술적 재능을 '작업'에 써 모든 도덕률을 초월한 바람둥이가 지옥으로 끌려갔다는 이야기는 프랑스로 건너가 몰리에르의 『돈 주앙』(1665)으로 거듭났다. 몰리에르는 모든 규범을 거부하는 자유로운 영혼의 면모에 매료된 듯하다.

기사장의 딸 돈나 안나를 유혹하기 위해 그 집에 숨어들었다가 기사장을 죽이는 사건으로 시작하는 모차르트의 오페라 〈돈 조반니〉(1787)는 돈 조반니의 엽기적 활동력을 드러낸다. 카탈리논 대신 등장한 몸종 레포렐로가 부르는 아리아 〈카탈로그의 노래〉에서 자기 주인이 2065명(이탈리아 640명, 독일 231명, 프랑스 100명, 터키 91명, 스페인 1003명)을 정복했다고 노래한다. 돈 조반니에게 배신당한 충격으로 복수를 맹세하지만 그 주변을 떠도는 비운의 여성 엘비라 등이 나타나며, 그는 정작 이 오페라에서 단 한 건도 성사시키지 못한다.

돈 후안이 여성의 정조를 빼앗고 버리는 호색한이 아니라, 여성의 매력을 발견하고 사랑한 낭만주의자라면 어떨까? 그런 모습을 엿볼 수 있는 텍스트는 러시아 작가 알렉산드르 푸시킨의 희곡 『석상 손님』(1830)이다. 이 작품을 구성하는 사건은 단 두 개(왕의 명령을 어기고 유배지를 벗어난 돈 구안이 옛 연인 라우라를 만나기 위해 마드리드로 숨어든 사건, 미망인이 된 돈나 안나의 마음을 빼앗기 위해 수도사로 변장하고 접근한 사건), 돈 구안과 만나는 여성은 두 명뿐이다. 사실 푸시킨의 텍스트만 보면 돈 구안을 파렴치한으로 단정할 근거는 없다. 그가 사귀던 여성을 버리고 상처를 입힌 행적이 보이지 않기 때문이다. 도리어 그를 만났던 여성은 그와의 추억에서 벗어나지 못한 듯 보인다.

돈 구안의 옛 연인 라우라는 자신의 집 만찬에서 사랑을 주제로 한 노래를 불러 손님들의 감탄을 이끌어낸다. 모두 누가 "이 영혼 가득한" 노래 가사를 썼는지 궁금해한다. 라우라는 "나의 진정한 친구이자 나의 믿지 못할 연인인 그(돈 구안)가 언젠가 지었다"고 고백한다. 만찬장이 발칵 뒤집힌다. 라우라의 새 연인이자 돈 구안에게 결투로 자신의 친형을 잃은 돈 카를로스가 분노에 휩싸인다. 바로 그때 돈 구안이 두 사람 앞에 나타나고, 즉석에서 돈 카를로스와 결투가 벌어진다. 돈 카를로스는 자신의 형처럼 돈 구안의 칼을 피하지 못한다. 라우라와 돈 구안은 시신을 처리하면서도 로맨틱한 밤을 위한 유혹의 언어를 주고받는다.

돈 구안이 다음으로 다가간 대상은 기사장의 미망인 돈나 안나다. 이 작품에서 돈 구안과 돈나 안나는 과거에 만난 적 없는 사이인데, 과거 돈 구안이 결투로 그녀의 남편인 기사장을 죽임으로써 미망인이 된 것이다. '돈 구안'이라는 이름을 복수의 대상으로 품고 사는 돈나 안나는 불행을 잊기 위해 교회에서 기도하고는 한다. 수도사로 변장해 접근한 그는 다른 이름을 써서 그녀에게 사랑을 고백한 후 자신이 돈 구안임을 밝힌다. "악마"라며 경계하는 그녀에게 그는 "여기 어디 사기와 속임수가 있단 말이오?" 하고 항변한다. 사기와 속임수 범벽이었던 몰리나의 돈 후안과는 다른 캐릭터다. 마음을 빼앗긴 돈나 안나는 사람들에게 잡히면 죽게 되니 도망가라고 한다. 이 순간에 '올인'한 돈 구안을 누가 막을 수 있을까.

"죽음이 뭐요? 밀회의 달콤한 순간을 위해서 난 군소리 없이 목숨을 바치겠소."

그녀의 저항을 무너뜨린 결정타가 이어진다. "그대도 불쌍한 구안의 목숨을 걱정하는군요! 그대의 천상의 영혼 속에 증오는 없단 말이오, 돈나 안나?" 낭만주의자 돈 구안이 예술적 감성이 풍부한 언어로 구축한 애절한 사랑의 판타지 속에서 천사로 격상된 미망인은 다음 밀회를 약속하고 만다. 실제로 이 작품을 쓴 푸시킨 역시 낭만주의자였다. 그는 자신의 아내와 염문을 뿌린 라이벌과의 결투에서 서른여덟의 나이로 사망했다.

배신을 통해 배운 사랑

돈 후안과 함께 바람둥이 양대산맥이라 할 수 있는 인물은 '카사노바'다. 이탈리아 베네치아에서 태어난 조반니 자코모 지롤라모 카사노바(1725~1798)는 모차르트 오페라 〈돈 조반니〉의 탄생에 깊이 관여했다. 〈돈 조반니〉 대본 작가인 로렌

조 다 폰테에게 돈 후안의 오페라를 쓸 것을 제안한 사람이 카사노바이기 때문이다. 수많은 여성과 염문을 뿌린 그가 죽어가며 마지막으로 남긴 말이 "나는 철학자로 살았고 기독교인으로 죽는다"라는 것은 아이로니컬하지만 말이다.

카사노바가 '선배' 돈 후안을 의식한 것은 사실이지만, 두 사람은 많이 다른 듯 보인다. 굳이 따지자면 카사노바는 푸시킨이 그려낸 낭만주의자 돈 구안에 가깝다. 전기작가 슈테판 츠바이크에게 글솜씨를 인정받지는 못했지만, 자서전을 통해 드러난 카사노바는 풍부한 예술적 감성으로 여성들을 유혹했다. 어릴 적부터 주변 사람들이 여장을 시키고 싶어 할 만큼 곱상했으며, 기타 등 악기를 잘 다루었고(부모가 배우였음), 열여섯에 법률 박사를 취득할 정도로 유럽 상류층의 소양을 갖추고 있었다. 이 모든 재능은 여성을 유혹하는 데 동원되었다. 수녀 MM(카사노바 자서전에 언급된 이니셜)도 그와의 사랑에 몸을 불태웠다.

그는 사춘기 전 만난 스승의 여동생이자 첫사랑 베티나에게 뼈아픈 배신을 당했다. 이 사건에 대해 그는 자서전에서 다음과 같이 고백한다.

사춘기 전에 이미 이런 경험을 통해 훌륭한 가르침을 얻었음에도 불구하고, 나는 예순 살이 되어서까지도 여자들에게 끊임없이 속았다.

순수한 시절에 받은 상처가 한 여성에게 정착하지 못하는 카사노바의 연애 스타일을 결정했을지도 모른다.

돈 후안이나 카사노바라는 인물이 우리의 뇌리에서 잊히는 일은 없을 듯하다. 지금도 1976년부터 1994년에 걸쳐 2154명과 잠자리를 했다는 스페인 전前 국왕 카를로스 1세 같은 이들의 비정상적 애정 행각이 폭로되고는 한다. 2065명을 유혹했다는 돈 조반니를 능가하는 현실의 인물이다. 돈 후안, 카사노바의 현대적 변주는 '나쁜 남자', '짐승남' 등의 매력남 트렌드로 나타나기도 했다.

바람둥이의 사랑은 한때 열락의 즐거움을 몰고 올지 모른다. 그 바람결에는 치명적 배반, 파멸, 죽음의 위험도 도사리고 있음을 잊지 말아야 할 것이다.

하늘은
모든 것을 주지 않는다

　속도를 능력으로 친다면 동물의 세계에서 치타는 가히 '천
재'다. 순간 시속 112킬로미터로 먹잇감을 사냥한다. 속도는
먹이 사냥에 절대적으로 유리한 재능이다. 그럼에도 근육량
이 많지 않은 치타는 느릿느릿 달려드는 하이에나에게 먹이
를 빼앗기기 일쑤다. 속도가 떨어지는 대신 몸집이 큰 하이에
나는 직접 사냥하기보다는 치타나 표범을 협박해 사냥한 먹
이를 빼앗는다. 물고 있던 먹이를 빼앗기는 것은 얼마나 억울
한가. 표범의 경우 먹이를 내어주고 한발 물러섰다가 하이에
나가 방심한 틈을 타 재차 먹이를 낚아채 나무로 올라가버린
다. 표범은 나무를 탈 줄 몰라 밑에서 발만 동동 구르는 하이
에나를 보며 유유히 먹이를 뜯는다.

모차르트와 살리에리

인간계에서 명성을 떨친 수많은 천재 중에서도 음악가 볼프강 아마데우스 모차르트(1756~1791)는 하늘이 내린 압도적 재능이 있었다. "신이 사랑한 천재", "천상의 선물"이라는 별명처럼 그의 천재성은 상식을 뛰어넘었다. 합스부르크 황실이 다스리는 신성로마제국에 속한 오스트리아 잘츠부르크에서 태어난 그는 세 살 때부터 피아노를 연주하고, 다섯 살에 작곡을 시작해 여덟 살에 소나타를, 아홉 살에 〈교향곡 K. 16〉을, 열두 살에 첫 오페라 〈바스티앙과 바스티엔〉을 작곡했다. 모든 규정은 그에게 예외였다. 교황에게 황금 박차 훈장을 받은 나이는 열네 살에 불과했다. 또한 볼로냐의 음악 아카데미아에는 정관보다 여섯 살이나 어린 나이에 입단했다.

그러한 모차르트가 바늘이라면, 실처럼 딸려 오는 이름이 있다. '안토니오 살리에리'(1750~1825). 잘츠부르크 태생 천재이자 동시대 음악가로 이탈리아에서 온 그는 극심한 질투로 모차르트를 죽였다는 의심을 받았다. 모차르트가 서른다섯 살의 젊은 나이에 세상을 뜨자 독살설이 전 유럽에 퍼졌고, 러시아 문호 알렉산드르 푸시킨은 이 소문을 바탕으로 살리에리가 세상을 뜬 다음 희곡 『모차르트와 살리에리』(1830)를 발표했다. 모차르트의 천재성을 견딜 수 없는 노력형 범재의 심리를 파고든 푸시킨의 천재적 필력은 천재를 죽인 만고의 역적으로서의 살리에리를 기정사실화했다. 푸시킨의 희곡을 재해석한 영국 극작가 피터 셰퍼의 연극 〈아마데우스〉(1979), 이를 원작으로 삼아 밀로스 포만 감독이 원작자 피터 셰퍼에게 각본을 맡긴 영화 〈아마데우스〉(1984)는 살리에리를 위한 변명이 불가능하게 만들었다. 천재와 범재라는 주제는 양쪽 어디든 속할 수밖에 없는 모든 창작자에게 영원한 숙제를 던졌다. 세상을 바꾸는 천재성이 절실해지는 만큼, 요즘은 천재에 대한 탐구가 작품에서 더욱 활발해지고 있다.

질투는 나의 힘

모차르트가 천재임을 드러내는 수많은 에피소드 가운데 가장 인상적인 사건은 1770년 4월 11일 발생했다. 아버지와 함께 이탈리아를 여행하던 열네 살의 모차르트는 시스티나 성당 안에서만 들을 수 있던 그레고리아 성가 〈미제레레〉를 두 번 들은 후 악보로 완벽하게 적어냈다. 1638년 로마 교황청 성가대원이자 작곡가였던 그레고리오 알레그리가 다윗의 참회 시詩인 시편 51편에 곡을 붙인 〈미제레레〉는 그 신성함 때문에 교황이 외부 반출을 금지시켰으며, 상당히 복잡한 합창곡이었다. 이를 단 두 번 듣고 악보로 재현한 사건은 천재성 외에는 어떤 것으로도 설명할 수 없다.

신성로마제국 황제 요제프 2세의 비엔나 궁정 악장이었던 살리에리는 누구보다 가까운 곳에서 모차르트의 천재성을 지켜봐왔다. 모차르트가 1781년 스물다섯 살의 나이로 빈에 진출해 황실에 드나들었기 때문이다. 이때부터 두 사람은 본격적으로 선의의 경쟁 혹은 서로를 누르고 최고가 되기 위한 다툼을 벌였을 것이다.

천재과에 속하는 푸시킨은 희곡『모차르트와 살리에리』를 통해 둘의 관계에 대한 자신의 입장을 명확히 했다. 살리에리는 재능의 불공정을 두고 하늘을 원망하는데, 그것은 뼈에 사무칠 정도로 절절하다. "정의는 천국에도 없어"라는 한마디를 내뱉은 순간, 살리에리는 타락천사가 되기로 결심한 듯 보인다.

"모든 사람이 말하지. 지상에 정의는 없다고. 내게는 이 사실이 기본음처럼 너무나도 명확해. (…) 자존심 강한 살리에리가 언젠가 경멸받을 만한 질투자였고, 사람들에게 밟혀 꿈틀거리며 모래와 먼지를 무력하게 갉는 뱀이었던 적이 있다고 그 누가 말하랴? 아무도 못 한다! (…) 그런데 지금 스스로 말한다. 내가 질투자라고. (…) 신성한 재능이, 불멸의 천재가 불타는 사랑과 자기희생과 노동과 성실과 기도의 대가로 주어지지 않고 어리석은 바보, 허랑방탕한 자의 머리를 비춘다면 어디에 정의가 있나요? (…) 오, 모차르트, 모차르트!"

이 고백 속에 살리에리가 품은 질투의 정체가 드러난다. 시인 단테나 오페라 작곡가 글루크처럼 고귀한 자라면 모를까, "어리석은 바보, 허랑방탕한 자"에게 재능을 던져준 하늘의 장난질을 받아들일 수 없다는 것이다. 음악은 살리에리에게 인생 전부였고, 신성한 숭배의 대상이었다. 그러한 음악의 천재성을 매일 저녁 집이나 잘츠부르크 게임하우스에서 오락과 도박으로 허비하며, 술집에서 취해 집으로 돌아오며, 매주 일요일이면 친구들과 뵐츠라는 사격놀이를 하고 시시덕거리며, 현실감각이 없어 돈을 버는 족족 탕진하고 친구들에게 돈이나 꾸러 다니는 광대에게 주어버리다니! 실생활에서 모차르트는 그러했다. 이 작품에서 살리에리가 하늘에 저주를 퍼부은 직후 등장한 모차르트는 방앗간을 그냥 지나치지 못하는 참새처럼 술집에서 막 퇴근한 상태였다. 게다가 그 술집에서 눈먼 악사를 데려와 연주가 우습다며 살리에리 앞에서 연주하게 하고는 크게 웃는다. 예술을 희롱하는 천재를 역겨워하는 살리에리는 스스로에게 예술 수호라는 임무를 부여한다.

"난 그를 멈추게 하기 위해 선택되었어. 아니면 우리 모두가 파멸해. 음악의 신봉자이고 봉사자인 우리 모두가. 나만이 명성이 희미해져서 죽는 것이 아니지…. 무슨 소용인가. 모차르트가 살아남아 새로이 더 높은 경지에 오른다 한들? 그가 그것으로 예술을 고양하나? 아니지."

이러한 대의를 세운 직후 살리에리는 눈물을 흘리며 모차르트의 잔에 독약을 탄다. 십자가에 못 박힌 예수를 사실적으로 그리기 위해 사람을 죽여 모델로 썼을 거라는 소문이 돌던 화가 겸 건축가 미켈란젤로 부오나로티와 자신을 동일시하며.

천재가 사랑에 매달린 이유

살리에리가 모차르트를 죽였다고 단언할 근거는 없다. 살인자 살리에리의 근거라는 것은 모차르트가 죽기 얼마 전 "누군가 내게 독약을 먹이려 한다"고 이야기했다는 아내 콘스탄체의 주장이었다. '무죄 추정의 원칙'에 따르자면 살리에리를 살인자 취급하는 것은 대단히 불공정해 보인다. 도리어 모차르트가 살리에리를 질투했다거나, 살리에리가 모차르트를 도왔다는 반박도 만만치 않다. 당대에 제도권에서 인정받은 음악가 살리에리는 베토벤, 슈베르트, 리스트, 체르니, 후멜, 마이어베어 등 훌륭한 제자들을 길러냈다.

극작가 피터 셰퍼는 〈아마데우스〉에서 푸시킨이 제기한 독살설을 차용하지 않았다. 모차르트는 정신이상 증세를 보일 정도로 약해진 상태에서도 돈을 벌기 위해 생의 마지막 1년 동안 〈티토 황제의 자비〉, 〈마술피리〉, 〈클라리넷 협주곡〉, 〈레퀴엠〉 등을 쓰며 육체를 극도로 혹사했다. 피터 셰퍼는 살리에리가 병약해진 모차르트의 정신상태를 이용해 〈레퀴엠〉

작곡을 의뢰함으로써 그를 죽음으로 몰고 갔다는 관점을 전개했다.

천재의 정신적 취약성은 상당한 근거가 있어 보인다. 모차르트는 35년의 삶 중 3분의 1가량을 음악 여행을 하며 각국을 떠돌았다. 영재교육을 받았지만, 평범한 아이의 행복을 누리지는 못했다. 그는 평생 사랑에 굶주린 듯한 모습을 보였다. 그의 편지는 항상 "천 번의 입맞춤"으로 끝났다. 공연 전에는 그 도시가 자신을 사랑하는지 물었다. 그는 어떤 순간이든 여인의 사랑을 갈구했으며, 오페라 전곡에서 신을 향한 거룩한 사랑 대신 다양한 연애의 감정과 관능적 사랑을 노래했다.

모차르트는 피아노 연주만 하다가 단박에 곡을 써 내려갔다. 고친 흔적이 없는 악보가 많은 이유도 그것이다. 그는 남들에 비해 쉽게 곡을 썼던 것 같다. 물을 마시는 것처럼 자연스럽게. 그는 자신의 성취가 노력으로 이룬 것이라고 생각하지 않았을 가능성이 높다. 청력까지 잃은 베토벤이 주변에 자신의 노력과 그 업적에 대한 자부심을 감추지 않은 것과 대비되는 부분이다. 만약 그러했다면 모차르트는 자신을 향한 대중의 환호가 갑자기 사라질지 몰라 불안해했을지도 모른다. 자부심이 부족했을지도 모른다. 노력으로 이룬 성취가 아니었기에.

『모차르트와 살리에리』, 〈아마데우스〉 등은 천재 모차르트의 이미지를 확고히 했다. 천재에 대한 범재의 질투, 천재의 특이성 혹은 광기 등의 주제는 음악과 같은 예술을 소재로 한 작품에서 변주의 소재로 특히 인기가 높다. 네 명의 음악 천재를 다룬 천계영의 만화 『오디션』(1998)에서도 모차르트는 그들의 모델로 차용됐다. 입에 거미줄 치는 사립탐정 박부옥은 어느 날 동창생이자 대기업 송송그룹 후계자 송명자의 의뢰를 받는다. 송송그룹의 회장이던 아버지는 작고하면서 딸에게 조건부 상속녀라는 유언을 남겼다. 자신이 오래전 만났던 네 명의 음악 천재 소년들을 모아 밴드를 만들고 그룹 차원의 대규모 오디션에서 우승해야만 후계자가 될 수 있다는 조건이다. 송송그룹 회장이 생전 만났던 음악 천재들은 소재 파악도 안 되는 상황. 송명자는 박부옥과 함께 네 소년을 찾아 나선다. 네 소년은 어려운 가정환경 탓에 짜장면 배달부(베이스 장달봉), 소매치기(리더이자 기타리스트 국철), 무명 백댄서(드러머 류미끼), 우울증 앓는 고교생(보컬 황보래용)으로 살아가고 있다.

송송그룹 회장은 과거 부산 해운대에서 조난당한 소년 황보래용이 해변에서 1킬로미터 이상 떨어진 거리에서 살려달려고 외쳐 구조됐을 정도로 엄청난 성량의 소유자라는 사실을 직접 듣고 그를 재활용밴드 멤버로 지목했다. 이들은 오랫 동안 음악을 접하지 못했지만, 재활용밴드를 결성하고 기다렸다는 듯 천재성을 드러낸다.

이들은 재활용밴드 결성 후 9일 내에 송송그룹 오디션에 데모 테이프를 제출해야 하는 상황에 놓인다. 그것이 1차 관문이다. 송명자는 이들이 천재임을 감안해 커버곡을 시도해보고, 채보(음악을 듣고 그대로 악보로 적는 작업)를 해보기로 한다. 어린 시절 자연의 소리를 세밀하게 구별해내던 장달봉이 팝송 〈스완송〉을 한 번 듣고 보컬 라인·기타·베이스·드럼 악보를 차례로 적는다. 이들은 장달봉의 천재성을 목격하며 모차르트의 그레고리아 성가 〈미제레레〉 채보 사건을 이야기한다.

박부옥: 믿기지 않아…. 사람이 이런 능력이 있을 수 있는 거야?

황보래용: 물론이야! 그 유명한 모차르트 형님의 어린 시절 일화도 몰라? 그레고리오 알레그리의 〈미제레레〉를 단 두 번 듣고 완벽하게 적었다는 이야기 말야. 자, 잠깐! 그렇다면 달봉이 형이 모차르트와 같은 레벨??

국철: 모차르트가 적었다는 그 곡은 9성부 합창곡이야. 〈스완송〉은 그보단 훨씬 단순하지만… 뭐 어쨌든 대단해.

그들은 자신들의 천재성에 감탄한다. 그럼에도 장달봉은 구구단을 잘 외우지 못한다. 우울증과 조울증이 번갈아 오는 황보래용은 우울증 기간에는 노래를 부르지 못하는 치명적 약점을 드러낸다. 이들은 약점을 서로 보완하고 격려하며 오디션을 준비해나간다.

하늘이 모든 것을 주지 않는 것은 확실한 듯싶다. 그렇다면 누가 진짜 천재일까? 앞으로의 변주들은 나름 그 답을 구해나갈 것이다. 야마시타 카즈미의 만화 『천재 유교수의 생활』(1988)이 그러한 작품 중 하나다. 늘 아침 여섯 시 삼십 분이면 눈 뜨고 오후 아홉 시에 칼같이 잠드는 Y대 경제학과 교수인 유택이 주인공이다. 그는 고지식하고 딱딱한 사람처럼 보이지만 '왜'라는 질문을 멈추지 않으며 모든 대상을 호기심 어린 눈으로 탐구한다. 작가는 그를 어떤 면에서 '천재'라고 규정한 것일까? 작가의 주관을 엿볼 수 있는 대목이 있다. 유택은 말한다. "이 세상에서 가장 흥미 깊은 것은 인간의 마음이란 가설을 얻었습니다." 유택은 경제학자이기 전에 언제나 "왜"라는 질문으로 문제를 풀어가는 천재적인 심리 연구가다. 이론에 얽매이지 않고 마음의 눈으로 이해하는.

우비 순트

지상에서 영웅이라고 불린 자들이 가장 많이 모였던 사건은 아카이아군(그리스 연합)의 트로이 침공이었다. 기원전 8세기경 지은 것으로 알려진 서사시 『일리아스』와 『오디세이아』에서 호메로스가 트로이를 들이쳤다고 언급한 그리스의 함대는 1200여 척.『일리아스』의 주인공 아킬레우스도,『오디세이아』의 주인공 오디세우스도 참전을 거부하기 위한 온갖 꼼수를 부렸지만, 결국은 운명을 거역하지 못하고 이 전쟁에 이끌려 나갔다. 바다의 신 포세이돈의 저주를 받고 동료들을 잃은 오디세우스는 겨우겨우 고향에 되돌아온 마지막 그리스인이었다.

태생부터 짧은 수명이 예고된 아킬레우스는 그렇다 치고, 『일리아스』에서 아킬레우스 다음가는 용장 아이아스는 어떻게 최후를 맞이했는가. 아킬레우스가 죽자, 아이아스와 오디세우스가 유품인 갑옷을 갖기 위해 다툼을 벌였다. 술수에 능한 오디세우스에게 갑옷을 빼앗긴 아이아스는 분에 못 이겨 자살했다. '그리스군 전투력 No. 2'치고는 믿기 어려운 허망한 죽음이었다. 아카이아군의 총사령관이자 아르고스 왕 아가멤논은 트로이 땅에서 전사하는 것이 나을 뻔했다. 10년간 타지에서 전쟁을 치르고 승전국의 왕으로 당당하게 귀환했건만, 어이없게도 아내에게 살해당하고 말았다.

영웅의 삶이라는 것조차 허망하기 그지없다. 온갖 모험으로 점철된 그리스 대서사시는 라틴어로 '우비 순트Ubi sunt'라는 고전문학의 주제를 집약한 텍스트다. 우비 순트는 '우리 앞에 있던 그들은 어디에 있나Ubi sunt qui ante nos fuerunt?'의 앞두 단어로 인생의 덧없음을 가리킨다. 모험이 항상 신나고 즐거운 일만은 아닐 것이다. 괴물과 강적 들을 골탕 먹이고 죽이는 기상천외한 전쟁·모험담으로 볼 수도 있지만, 모험서사의 오리진이 된 『일리아스』와 『오디세이아』는 후대에 풀리지 않는 숙제를 남겼다. 고달프고 험난한 삶의 여정 속에서 우리는 어떻게 살아야 할 것인가. 오리진이 이와 같을진대, 기원전 458년 공연한 그리스 비극작가 아이스킬로스의 '오레스테스 3부작'(『아가멤논』, 『제주祭酒를 바치는 여인들』, 『자비로운 여신들』)처럼 호메로스의 고전에서 소재와 주제를 공유한 변주들은 명예롭게 죽을 것인가, 비루하게라도 살아갈 것인가 등 삶의 방식이나 태도에 대한 진지한 고민의 결과일 수밖에 없다.

복수와 공명심의 제물이 된 영웅들

그리스인의 존경을 한 몸에 받은 영웅이었지만, 아가멤논과 아킬레우스는 한낱 공명심에 사로잡힌 인간에 지나지 않았다. 『일리아스』 도입부에서 발생한 아카이아군의 분열은 두 수장의 전리품 배분 다툼에서 비롯되었다. 그 명성에 비한다면 치졸한 일이었다. 트로이 원정군 총사령관이 자신에 속한 미녀 브리세이스를 빼앗으려 하자, 아킬레우스는 아가멤논을 주정뱅이 취급하며 원색적으로 비난한다.

"그대는 술에 절어서 둔해졌다. 얼굴은 뻔뻔스러운 개 같고 심장은 사슴처럼 겁 많은 사나이다."

분이 풀리지 않은 아킬레우스는 거기서 그치지 않았다. 그는 모친인 바다의 여신 테티스에게 그 억울함을 구구절절하게 호소했고, 그녀는 아가멤논이 물러설 때까지 아카이아군이 승리할 수 없도록 해달라는 민원을 아버지인 주신主神 제우스에게 넣었다. 그 덕분에 제우스는 노골적으로 트로이 편을 들었고, 고향을 떠나온 죄 없는 그리스 병사들은 역병과 죽음의 공포에 시달렸다.

아리스토텔레스가 『시학』에서 지적한 것처럼, 비극의 주인 공은 신분이 높은 사람들이다. 본래부터 콩가루였던 아가멤 논의 집안은 트로이 원정으로 인해 얽히고설킨 복수의 제물 로 전락하고 말았다. 그 뿌리는 아가멤논의 증조부인 탄탈로 스로 거슬러 올라간다. 탄탈로스 손자인 아트레우스 왕과 동 생 티에스테스가 왕권 다툼을 벌였다. 동생이 먼저 형수를 유 혹했고, 아트레우스는 동생의 두 아들을 살해해 사체를 토막 내고 국을 끓인 후 동생에게 먹였다. 아무리 밉더라도 형제간 에 그렇게까지 해야 했을까. 참을 수 없던 동생은 형을 죽였 고, 아트레우스의 아들 아가멤논이 작은아버지를 처단했다. 여기까지가 탄탈로스 가문의 막장극 1라운드였다.

탄탈로스의 증손자가 그리스 연합군을 이끌고 트로이 원정 길에 올랐다. 아가멤논이 여신 아르테미스에게 미움을 받은 탓에 역풍이 몰아쳤고, 보이오티아의 아울리스에 집결한 그 리스 연합군은 출정을 할 수 없었다. 예언자 칼카스의 입을 통 해 아가멤논의 딸 이피게니아를 제물로 바쳐야 한다는 신탁 이 전해졌다. 결국 아가멤논은 신탁을 이행하라는 동료 부하 들의 요구를 받아들였다. 아가멤논의 처 클리타임네스트라는 영웅 아킬레우스와 결혼시키겠다는 남편의 말에 속아 딸 이 피게니아를 그리스군 진영에 데려갔다. 이피게니아는 아버지 의 뜻에 따라 아르테미스의 제단에서 목숨을 잃었다. 배신당한 클리타임네스트라는 남편을 원수로 규정했다. 티에스테스의 아들 아이기스토스가 이 기회를 놓칠 리 없었다. 아이기스토스가 클리타임네스트라의 정부情夫가 되어 10년 만에 아르고스로 돌아온 아가멤논을 살해했다. 아가멤논의 아들 오레스테스는 아폴론의 신탁에 따라 모친과 정부를 죽이고 아버지의 원한을 갚았다. 오레스테스의 누나인 엘렉트라가 이 복수극에 가담한 사건은 소포클레스의『엘렉트라』, 에우리피데스의『엘렉트라』등에서 자세히 다루었다. 이게 끝이 아니었다. 클리타임네스트라 등의 망령들이 떼를 지어 오레스테스를 뒤쫓았고, 아가멤논의 아들은 아테네 신전에서 무죄를 선고받은 후에야 평안을 되찾았다. 아이스킬로스는 이 사건을 '오레스테스 3부작'으로 구성해 그리스 비극 경연에서 자신의 열세 번째이자 마지막 우승을 이루어냈다.

전쟁에서 패한 쪽은 비참한 신세를 면할 수 없었다. 트로이왕 프리아모스의 처이자 왕비인 헤카베가 대표적이었다. 왕비의 자존심이 대단했던 그녀의 비운은 에우리피데스의『헤카베』,『트로이의 여자들』등의 작품 소재가 되었다. 아들까지 잃은 헤카베는 복수 후 암캐로 변하고 미쳐서 바다에 뛰어들어 죽었다고 한다.

트로이 원정을 다룬 『일리아스』와 『오디세이아』의 고대 그리스 유산은 서양 문화의 지층에 뿌리를 깊이 내렸다. 트로이 원정은 베일에 싸여 있던 여성 전사 집단인 아마조네스의 참전을 이끌어냈다. 아마조네스 여왕인 펜테실레이아가 헥토르의 장례식 후 트로이에 원군을 파견한 것은 놀라운 일이었다. 그러나 트로이의 편에 선 펜테실레이아는 아카이아군 최고의 용장 아킬레우스의 손에 죽었다. 아킬레우스와 알 듯 말 듯한 로맨스를 뿌리면서 말이다.

유럽 문예 부흥의 주역인 셰익스피어는 여기서 힌트를 얻어 아마조네스 여왕을 환상극 『한여름밤의꿈』(1594)의 여주인공급으로 발탁했다. 요정의 왕 오베론은 아마조네스 여왕 히폴리타를 사랑했고 요정의 여왕 티타니아는 아티카의 왕 테세우스를 연모했는데, 히폴리타가 전쟁에 패하여 테세우스와 결혼을 앞두게 되었다. 이로 인해 오베론 부부는 갈등을 겪고, 오베론이 잘못 사용한 사랑의 묘약 때문에 여러 커플의 관계가 어그러졌다. 결국 오베론 부부는 화해하고 히폴리타와 테세우스의 결혼식과 함께 커플들을 제자리로 돌려놓았다. 테세우스 역시 트로이 전쟁과 무관하지 않은 인물이다. 트로이 전쟁의 원인은 메넬라오스의 아내였다가 트로이 왕자 파리스와 함께 도망친 미녀 헬레나였다. 테세우스는 아내로 삼기 위해 열두 살에 불과했던 헬레나를 납치한 바 있었다.

셰익스피어가 『한여름밤의꿈』에서 요정이 지배하는 초자연적 세계 속에 등장시킨 요정 '홉고블린Hobgoblin'의 존재도 호메로스 시대에 빚을 지고 있다고 할 수 있다. 홉고블린의 근원이 주신酒神 디오니소스를 따라다니던 요정 사티로스였기 때문이다. 셰익스피어는 이 요정들을 민중의 우상인 '숲속의 로빈Robin Wood'과 결합시켜 '좋은 친구 로빈'이라고 불리는 요정 '퍽Puck'으로 다시 태어나게 했다. 피터팬의 친구로 사랑받는 귀여운 요정 '팅커벨'은 퍽의 변형이다.

노예라도 이승이 낫다

다시 우비 순트라는 인생의 난제로 돌아가 보자. 호메로스가 우비 순트의 주제를 강하게 의식하지 않았다 하더라도, 그것은 『일리아스』와 『오디세이아』에서 어떤 형태로든 드러날 수밖에 없다. 트로이 원정에서 10년, 고향 이타카로 귀환하는 데 10년, 눈 깜짝할 사이에 도합 20년을 허비한 오디세우스가 그 답을 구할 적임자일 수밖에 없다. 귀향길에 오디세우스는 망자의 세계를 방문하게 된다. 그러자 아킬레우스의 망령은 오디세우스에게 자신의 가족 안부를 물으며 뜻밖의 이야기를 한다.

"명예로운 오디세우스여, 들에서 품팔이를 하는 소작인으로서 남에게 고통을 당할망정, 나는 지상 세계로 가고 싶네. 그것이 버젓한 내 밭을 갖지 못한 자로, 생활이 넉넉지 못한 자의 집이라 하더라도, 죽어버린 망령들 전체의 군주로서 통치하는 일보다는 말일세."

비루하고 허망한 이승의 삶조차 저승에 비하면 행복하다는 것이다. 천하의 영웅이었다 하더라도 스틱스강을 건넌 이상, 흙냄새조차 맡을 수도 없는 망자일 뿐이다. 비틀거리며 사라지는 아킬레우스의 쓸쓸한 뒷모습에 이어 오디세우스가 만난 망령은 아이아스였다. 더구나 아킬레우스의 갑옷을 다투다가 아이아스의 자살에 직접적인 원인을 제공한 오디세우스는 망자에게 미안했는지 다음과 같이 말한다.

"아이아스여, 명예로운 텔라몬의 아들인 자네는 설마 죽어서까지 그 저주스러운 갑옷 때문에 노여움을 풀지 못하는 건 아니겠지?"

오디세우스의 기대와 달리 아이아스의 망자는 대답도 없이 어둠 속으로 사라진다. 무척이나 얄미웠던 모양이다. 원귀가 되지는 않았지만, 이승에서의 유감을 저승에 와서도 풀지 못하고 있는 모양새다. 일세의 영웅치고는 마음이 너무 좁지 않은가. 호메로스가 영웅 아킬레우스와 아이아스의 망령을 등장시킨 이유는 자명하다. 짧은 생이지만 이승의 삶을 소중히

하라는 것이다. 그 귀함을 모르는 자는 죽어서도 불행할 수밖에 없다.

트로이 전쟁이 끝난 후에도 영웅들은 그 업보로 인해 고통에 시달렸다. 카르마를 모두 풀 때까지는 끝난 것이 아니었다. 전쟁, 고난, 역경에 시달리고 지친 삶, "우비 순트"를 외치다 스러질 수밖에 없는 걸까. 아이스킬로스는 오레스테스 3부작에서 "깨우침엔 반드시 고통이 따르는 법"이라는 문장으로 자신의 메시지를 드러냈다. 즉, 인간의 굴레에 대한 이야기다. 아이스킬로스는 영웅들의 여정을 통해 '왜 신은 고통 없이는 아무것도 주지 않는가?' 하는 물음을 간접적으로 던진다. 그러고는 '인간은 고통을 통해 지혜에 이른다'는 나름의 답을 제시한다.

호메로스의 장대한 서사시 속 모험담은 때로는 파편화되고, 때로는 테마화되어 변주된다. 어찌 보면 인간의 삶 자체가 천둥 번개 치는 폭풍의 바다를 떠도는 듯한 모험 아닌가. 그 모험을 한낱 오락으로만 치부하기는 어렵다. 모험의 스릴 속에 인간의 굴레에 대한 깊은 함의를 녹여내는 자가 스토리텔링의 마스터로 우뚝 설 것이다.

4

창조된
캐릭터

악마와의
계약

베헤못, 아몬, 아바돈, 가르고일, 사탄, 모락스, 아수라, 디아볼로스, 인쿠부스, 마몬, 아스모데우스, 릴리트, 바알, 아자젤, 말파스, 오로바스, 루시페르….

인간이 두려워하는 악마의 명칭은 수천 가지에 이른다. 이외에도 미하일 불가코프의 소설 『거장과 마르가리타』(1966)에는 인간 형상으로 떼 지어 모스크바를 휘젓는 악마 무리의 우두머리 볼란드가 등장한다. 베헤못, 아자젤, 아바돈 등을 부하로 거느린 볼란드처럼 현대소설에서 새롭게 만들어진 악마까지 있다.

'타락천사'에서 유래했다는 악마는 인간의 힘으로는 당할 수 없는 초월적 존재다. 「요한묵시록」에 등장하는 아바돈만 해도 하늘에서 다섯 번째 나팔소리와 함께 출연하는 악마왕이다.

고대부터 현대까지 악마는 자신의 소명을 비밀스럽게 수행하고 있다. 바로 인간의 영혼을 유혹하고 사냥하는 비즈니스다. 트로피 헌터처럼 말이다. 인간이 욕망하는 것을 내어주고 그 대가로 영혼을 받는 올가미를 친다. 인간계의 유명인사일수록 악마의 섭외 우선순위다. 예수마저 광야의 40일 금식과정에서 사탄의 달콤한 제안을 받지 않았던가! 지식으로는 더 이상 추구할 것이 없어 한계에 봉착한 파우스트 박사(희곡 『파우스트』)에게 계약서를 들고 아주 점잖게 (문을 노크하며) 찾아간 것도 악마 메피스토펠레스였다.

악마와 인간 계약의 암묵적인 규칙

악마들에게는 나름의 고충이 있다. 인간의 영혼을 홀려 꼭두각시처럼 만들면 쉽겠지만, 그렇게 하면 영혼을 빼앗지 못한다. 악마와 인간의 계약에는 암묵적인 규칙이 있다. 인간이 악마의 설명을 충분히 듣고, 계약 내용을 숙지하고, 자유의지로 계약을 맺고, 때로는 서명까지 해야 한다. 악마의 일이란 현대의 보험설계사와 비슷해 보인다. 괴테가 쓴 『파우스트』 (1808)의 계약 장면에서 메피스토펠레스는 까다로운 고객 파우스트를 상대한다.

메피스토펠레스: 다만, 한 가지 (…) 다짐하기 위해서, 서너 줄 써 주셨으면 합니다.

파우스트: 증서까지 필요하단 말이냐, 소심한 친구로군! (…) 금속이냐, 대리석이냐, 양피지냐, 종이냐? 석필이냐, 끌이냐, 펜이냐, 무엇으로 쓰면 좋겠는가? 선택은 너에게 맡긴다.

메피스토펠레스: (…) 어떤 종이 쪽지라도 좋습니다. 한 방울의 피로 서명해 주십시오.

이 계약이 무서운 것은 한 방울의 피로 맺었기 때문이다. 피에는 고유한 DNA가 들어 있다(악마는 고대 때부터 과학에도 밝았나 보다). 한번 맺으면 무를 수 없다. 악마가 베니스의 상인보다 100만 배 더 잔혹하다 할지라도. 악마와의 내기에 지거나, 악마에게 진 빚을 갚지 못하면 영원히 지옥의 노예가 되는 계약이다. 악마를 유일하게 제어할 수 있는 신은 이 계약을 방관하며 인간의 의지를 시험한다.

한 가지 알아둘 사항. 이 같은 규칙은 기독교적 유산이다. 원래 동아시아를 포함한 대다수의 문화권에서는 절대 선, 절대 악의 개념이 존재하지 않았다. 기독교의 뿌리인 유대교에서도 처음부터 악마라는 관념을 찾아볼 수 없었다. 유대인이 기원전 6세기 바빌론 유수를 겪으며 당시 세계 종교였던 조로아스터교를 만난 것이 변곡점이었다. 조로아스터교의 주요 교리였던 천국과 지옥, 절대 선과 절대 악, 천국에서의 부활,

죄 사함 등 이원론적 세계관이 유대교에 흘러들며 악마라는 개념이 탄생했다.

오리진은 주술사 파우스트

이 무시무시한 계약의 오리진은 주술사 파우스트 전설이다. 16세기 초 독일을 무대로 주술사 파우스트라는 인물이 악마와 결탁해 기행을 벌이다 악마에게 죽음을 당했다는 이야기다. 독일 민중 사이에서 회자되던 이 매력적인 전설은 인형극, 유랑극 등으로 만들어져 널리 퍼졌다.

파우스트 전설은 영국에서도 이목을 끌었다. 극작가 크리스토퍼 말로가 『파우스트 박사의 비극적 이야기』(1588)라는 이름의 희곡으로 변주했다 도리어 이 작품이 독일로 역수입돼 파우스트 전설을 확산시켰다. 이때만 해도 인간은 악마의 마수를 이겨낼 수 없다고 보았다. 새로운 해석자가 나타났다. 18세기 독일 작가 레싱이 「파우스트 단편」(1775)을 썼다. 계몽주의자인 그는 파우스트의 무한 지식 추구를 부정적으로 보지 않은 탓에 파우스트가 악마에 희생되지 않고 구원받을 수 있는 자로 해석했다. 레싱의 「파우스트 단편」을 읽고 그 주제를 1부(파우스트가 좋는 여인은 그레트헨)와 2부(파우스트가 좋는 여인은 헬레네)로 나누어 심화하고 확장한 것은 괴테의 공이다. 괴테 『파우스트』는 향후 시도될 수많은 변주를 위한 완성판이 됐다.

원자력 물리학자부터 주식 브로커까지

괴테『파우스트』만큼 대중문화에서 폭넓게 변주된 작품은
드물다. 특히 공연예술계에 미치는 영향력은 상상을 초월한
다. 희곡으로 쓰인 탄탄한 텍스트가 정통 연극, 오페라, 뮤지
컬 등 각 분야에서 창작자들의 상상력을 자극하기 때문이다.
정통 연극이라면 파우스트와 메피스토펠레스의 농간에 희생
당하는 순박한 시골 처녀 그레트헨의 슬픈 최후를 강조할 수
밖에 없다.

오페라에서는 베를리오즈의 〈파우스트의 겁벌〉(1846), 오
펜바흐의 〈천국과 지옥〉(1858), 보이토의 〈메피스토펠레〉
(1868), 부조니의 〈파우스트 박사〉(1925) 등이 괴테『파우스
트』를 변주했는데, 가장 유명한 작품은 프랑스 작곡가 구노의
〈파우스트〉(1859)다. 구노의 〈파우스트〉는 악마가 제공하는
쾌락에 몸을 맡긴 파우스트를 적나라하게 표현했다.

구노의 〈파우스트〉 역시 후대에 또다시 변주된다. 뉴욕 메
트로폴리탄 오페라단이 제작한 2011년판 〈파우스트〉는 구노
의 원작을 제2차 세계대전을 배경으로 각색했다. 여기서 파
우스트는 원자탄 개발을 놓고 갈등하며 자살을 시도하는 원
자력 물리학자다. 훌륭한 먹잇감을 발견한 메피스토펠레스가

가슴에 빨간 장미를 꽂은 마카오 신사로 등장해 파우스트에게 영혼을 파는 계약을 제안한다. 이 버전은 명배우 르네 파페가 연기한 메피스토펠레스의 매력에 가장 힘을 주었다.

예술의전당이 기획한 연극 〈메피스토〉(2014)는 악마를 불러들인 주체가 파우스트임을 강조했다. "내가 당신에게 달라붙었소, 아니면 당신이 나를 불러들였소?"라며 메피스토펠레스가 반격을 한다.

뮤지컬 〈더 데빌〉(2014)에서 파우스트는 월가의 파산한 주식 브로커 존 파우스트로 변신했다. 메피스토펠레스는 'X'라는 인물로 대체되고, 파우스트와 그의 연인 그레트헨과 삼각관계를 이룬다. 트라우마 상태에 빠진 파우스트는 그레트헨에게 "나한테는 네가 지옥이야"라고 외치기도 한다. X는 그 틈에 파우스트에게 가장 중요한 것, 그레트헨을 빼앗으려 한다. 실은 그레트헨 없는 현실이 파우스트에게는 지옥이다.

악마, 차이다

무대라는 공간 제약에서 벗어나면 변주의 폭은 더욱 커진다. 활활 불타는 새하얀 해골 얼굴, 뼈만 남은 손으로 오토바이를 타고 질주하는 사나이를 기억하는가. 1970년대 마블코믹스가 제작한 만화 『고스트 라이더』의 스턴트 모터사이클리스트 자니 블레이즈는 복수의 화신이며, 파우스트를 대체하는 인물이다. 자신의 멘토를 구하기 위해 메피스토에게 영혼을 넘긴다. 동명의 마블 영화에서 메피스토는 유머는 싹 빼고 냉혹하고 무서운 악마의 모습으로 자니 블레이즈의 분노를 일깨운다. 파우스트가 악마와 동급이 되어버리는 현대판인 셈이다.

웹툰 〈악마와 계약연애〉(장진 글, 움비 그림, 2018)에 이르면 영혼 제공자와 악마의 관계가 틀어진다. 악마가 역대급 제안을 하면 인간의 선택은 계약을 맺든 거부하든, 둘 중 하나였다. 악마는 이 과정이 자신에게 대단히 중요한 과업이다. 그런데 먹잇감으로 점찍은 인간(알바에 쫓기며 간신히 학업을 이어가는 '흙수저' 여대생 한나)이 악마를 대면해도 시큰둥하고, 악마의 제안에도 관심이 없다면? 악마에게는 이보다 더 난감한 상황이 없다. 차라리 거절하면 괴롭히기라도 할 텐데. 악마가 절대 약자가 된다.

이쯤 되면 악마의 체면, 자존심 문제다. 꽃미남의 형상으로 이 땅에 강림한 주인공 악마4호는 악마계의 거물이며 베테랑이지만 한나의 관심을 받지 못해 쩔쩔맨다. 끈질기게 제안하고 따라다니다 보니 둘은 정이 들 수밖에 없다. 이야기는 자연스럽게 악마와 인간의 로맨스로 흘러간다. 웃음과 로맨스를 동시에 잡는 스토리텔링 전략이다.

악마의 진짜 정체

괴테『파우스트』의 변주는 파우스트와 악마를 함수관계 삼아 이루어지게 될 것이다. 그러면 악마는『파우스트』2부에서 독일 황제의 환심을 얻기 위해 온갖 어릿광대짓을 하는 유혹자 혹은 인간을 시험하는 신의 하수인 정도에 불과한 것일까? 괴테『파우스트』가 타의 추종을 불허하는 문예적 깊이를 갖게 된 이유는 악마의 광대 탈 너머에 숨은 악의 본질을 들여다보기 때문이다. 그것은 고대 그리스 미녀 헬레네의 영혼을 만나기 위해 발푸르기스의 밤(악마들의 축제)으로 떠나기 전, 파우스트와 메피스토펠레스가 나눈 대화에 요약되어 있다.

파우스트: 완전히 버림을 받고 혼자서 지내는 것이 괴로워서, 나는 마침내 악마에게 몸을 맡기고 말았다.

메피스토펠레스: (…) 영원히 공허한 머나먼 곳에는 아무것도 보이지 않고, 자신의 발자국 소리도 들리지 않을뿐더러 쉬려고 해도 휴식할 만한 곳을 찾을 수도 없습니다.

파우스트: (…) 자네는 나를 공허 속으로 보내 놓고, 그곳에서 나의 재주와 힘을 증진시키려고 하고 있어. (…) 밑바닥까지 파헤쳐 보자. 자네의 그 허무 속에서 모든 것을 찾아내겠다.

메피스토펠레스: 헤어지기 전에 칭찬해드리겠습니다. 당신은 악마를 잘 알고 계시는 것 같군요.

파우스트가 파악한 악마의 본질은 허무다. 악마의 유혹은 허무에 빠뜨리는 것이 목적이다. 파우스트가 장한 것은 메피스토펠레스의 인도에 따라 잠시 관능과 쾌락에 몸을 맡겼지만, 결국 끊임없이 변화를 추구하며 허무에 빠지지 않았다는 점이다. 허무에 빠진 자는 이 지구가 부여하는 어떤 혜택도 누릴 수 없다. 메피스토펠레스의 표현대로 "잔잔한 초록빛 바다를 가르며 쏜살같이 달리는 돌고래를", "구름이 흘러가는 것이며 태양과 달과 별도" 볼 수 없다. 풀 한 포기, 맑은 공기, 따사로운 햇빛…. 삶을 둘러싼 작은 존재 모두 신의 축복이다.

파우스트는 최후의 순간까지도 인간들을 위한 공사를 추진하고 지시한다. 메피스토펠레스는 공사터의 주민을 불태워 죽인다. 그러나 끊임없는 노력을 멈추지 않은 파우스트는 신의 구원을 받는다. 허무와 싸우며 극복하는 것이 우리의 삶임을, 악령이 무엇인지를, 파우스트는 죽음으로 가르친 것이다.

인간 아닌 존재로
둔갑한다는 것

「단군신화」에 따르면 우리 한민족은 곰의 후손이다. 곰과 호랑이가 동굴에서 100일 동안 쑥과 마늘을 먹으며 견디는 시험에 도전하고, 끝까지 참아낸 곰이 웅녀로 변해 환웅의 아들 단군을 낳았다는 이야기다.

신화의 시대에는 신神, 반신半神과 정령, 인간, 자연이 공존하며 하나의 세계를 이루었다. 이 세계에서 인간보다 하등한 존재는 없었다. 인간이 동물로 변하고, 동물이 인간으로 둔갑하는 일이 자연스러웠다. 인간의 영혼이 동물의 몸에 들어가고, 동물의 영혼이 인간의 몸에 초대되기도 했다. 동물은 인간의 기원이자 신화적 조상으로 받아들여졌다. 종교학자 미르치아 엘리아데는 저서 『샤마니즘』(까치, 1992)에서 샤만의 제의 행위를 두고 "보조영신(부족의 토템 동물)은 샤만의

(몸) 안으로 들어가는 순간, 동물의 모습을 한 신화적인 조상으로 변한다"면서 "신화시대에는 그 종족의 구성원 모두가 동물로 돌아갈 수 있었다"고 지적했다.

이런 맥락에서 '변신'은 신화, 전설, 민담 등에서 가장 주요하고 흔한 주제였다. 인간이 인간 아닌 존재로 변하는 것은, 엘리아데의 표현을 빌면 '낙원적 실존의 회복'일 수 있었다. 다른 한편으로 인간이 동물로 변하는 것이 징벌이나 공포를 의미하는 신화, 전설 등도 적지 않다. 그런 이야기들을 체계적으로 정리해 변신의 오리진 대접을 받는 작품이 로마 시인 오비디우스(B.C. 43~A.D. 18)의 『변신 이야기』다. 변신이라는 주제의 변주는 오늘날 스토리텔링에서 특이한 방식으로 이루어지고 있다.

유려한 필력 속에 강등된 동물

『변신 이야기』는 로마 초대 황제 아우구스투스의 신하 오비디우스가 유려한 필력과 화려한 수사로 윤색한 다양한 변신 이야기를 들려준다. 강의 신 페네이오스의 딸인 요정 다프네가 태양신 포에부스(아폴로)의 구애를 피해 달아나다가 월계수로 변한 에피소드는 숨 막힐 듯한 긴박감과 애절함을 전한다. 요정이 자신의 의지(아버지의 도움)로 식물로 변할 수 있는 세계임이 드러난다.

인간이 동물, 곤충 등으로 둔갑하는 에피소드는 『변신 이야기』의 단골 소재다. 주로 건방을 떨다가 신에게 보복을 당하는 어리석은 인간의 이야기다. 『변신 이야기』가 첫 변신 사례로 강조한 인간 뤼카온만 봐도 그렇다. 유피테르(제우스)는 올림포스의 모든 신을 집합시킨 후 뤼카온이라는 자의 사악함을 성토한다. 뤼카온은 그 악행 여부를 판단하기 위해 인간으로 변해 찾아간 유피테르를 죽이려 했을 뿐 아니라 그 앞에서 볼모로 잡은 자의 목을 자르고 그 수족을 먹었다는 것이다. 일벌백계는 불가피하다.

"이 자(뤼카온)가 입은 옷은 부얼부얼한 털로 바뀌었고, 팔은 그만 짐승의 앞다리가 되었으니… 뤼카온이라는 이 자, 이리로 둔갑한 것이오. 이 자가 지니고 있던 광포한 성정이 모여 입은 괴물의 주둥이가 되고 말았소. 지금쯤, 타고난 살육의 근성을 못 잊어 그 주둥이로 다른 짐승을 겨누고 있을 것이오."

뤼카온의 악행은 한 개인의 일탈로 끝나지 않는다. 그것은 유피테르가 대홍수로 인류를 멸망시키는 전주곡이 된다.

그럼에도 이성과 문명을 찬양하는 로마의 세계관을 투영한 『변신 이야기』 속 인간은 신화 세계에서 격상된 위치에 있다. 로마 황제 아우구스투스는 유피테르와 대등한 지위로 묘사되고, 인간은 올림포스 신과 동물의 중간 존재로 설정된다. 이 위계에 따라 동물은 인간보다 하위에 놓인다. 인간이 동물로 변신하는 것은 천벌로 인식된다. 로마의 인간 중심적 세계관은 인간이 인간 아닌 존재로 둔갑하는 것에 대한 공포를 감추지 않는다. 신, 반신, 정령, 인간, 동물 등이 서로 경계 짓지 않던 시대는 안타깝지만 종말을 고하기에 이른다.

현대사회에 들어서면서 '변신'이 의미하는 것은 더욱 분명해진다. 철학자 니체가 1883년 『차라투스트라는 이렇게 말했다』에서 "신은 죽었다"고 선언한 이후, 인간이 더 이상 인간이 아닌 존재가 되는 것은 악몽이 된다. 이성과 과학으로 무장한 인간이 신마저 축출하고 우주 최고의 유일한 존재로 우뚝 서게 됐기 때문이다.

초인超人을 제시하며 인간의 지위를 격상시킬 가능성을 열어놓은 니체의 선언은 인간과 동물의 간극을 더욱 벌려놓는다. 그는 인간의 한계를 극복한 초인을 언급하며 "인간이란 짐승과 초인 사이에 놓여 있는 밧줄이다. 하나의 심연을 건너가는 밧줄"이라고 설명한다. 인간을 초인에게로 안내하는 길잡이는 정신이다. 인간은 하기 나름으로 초인이 될 수도 있고, 짐승이 될 수도 있는 존재라는 것이다.

이로써 인간 아닌 존재에 대한 인간의 지배나 우위는 더욱 합리화된다. 19세기 제국주의 시대에는 약육강식을 미화하고, 인간 사이에서도 가진 자와 가지지 못한 자의 지배와 간극이 첨예하게 벌어진다. 사회에서 소외당하는 개인이 급증한다.

그런 흐름 속에서 프란츠 카프카의 소설 『변신』(1916)의 탄생은 필연일 수밖에 없다. 카프카는 '변신'이라는 주제를 천재적 감각으로 포착해 히급 출장 영업사원 그레고리 잠자의 비극, 궁극적으로 인간소외를 그려낸다. 어느 날 아침 그레고리 잠자가 밤새도록 악몽에 시달리다가 침대 속에서 발견한 것은 거대한 독벌레로 변한 자신의 몸이다.

그레고리 잠자는 처음에는 독벌레가 된 사실을 받아들이지 못한다. 그는 "좀 더 잠을 자서 이런 터무니없는 환각을 깡그리 잊었으면 좋겠다"고 생각한다. 그럴 만도 한 것이 그레고리 잠자는 항상 과도한 스트레스에 짓눌려 있고 피곤한 돈벌이에 몸 상태가 좋지 못하다. 사장에게 당당하게 사표를 던지는 것이 소원이지만 부모가 진 빚을 대신 갚을 때까지 6~7년 동안은 어림없다.

누구나 뜻하지 않은 불행을 겪을 수 있지 않은가. 진짜 악몽은 가족에게 발견된 이후다. 가족을 위해 희생하는 삶을 살아온 그레고리 잠자가 벌레가 되어 당황하고 있을 때, 가족은 그 벌레가 그레고리 잠자임을 명확히 인지하면서도 흉측한 모습이 되었다는 것만으로 해충 취급한다. 온 세상이 손가락질해도 그를 보듬어주어야 할 가족이 도리어 그에게 가장 큰 상처를 안긴다. 아버지가 그를 공격하기 위해 던진 빨간 사과가 등껍데기에 박히고, 그로 인해 벌레 인간은 치명상을 입는다. 이에 대한 경과는 다음과 같다.

달포를 넘게 고생해야만 했던 그레고리의 무거운 상처는 아무도
등에 박힌 사과를 빼주려는 용기가 없었으므로 그 사과는 생생한
선물로서 그의 몸에 남아 있었다.

무섭도록 생생하고 슬픈 표현이다. 이 문장은 더 이상 돈을
벌 수 없게 됨으로써 가족에게서, 더 나아가 사회에서 폐기 처
분된 그레고리 잠자의 비참한 신세를 적나라하게 드러낸다.
20세기 초 발표된 현대적 변신 이야기는 벌레로 둔갑한 하급
출장 영업사원을 통해 산업사회가 숨기고 있는 비정함과 비
인간성을 끔찍하게 그려낸다.

변신이라는 주제는 데이빗 크로넨버그 감독의 영화 〈플라
이〉(1986)에서 첨단 과학사회의 위험성을 경고하는 서사로
활용된다. 천재 과학자 세스 번들은 텔레포트(순간이동장치)
를 발명하고 살아 있는 동물로 실험을 한다. 원숭이를 순간 이
동시키는 실험이 성공하자 주인공은 자신이 직접 텔레포트에
들어가는 실험을 감행한다. 불행하게도 세스 번들은 텔레포
트에 들어 있던 파리 한 마리와 함께 전송된다. 이후 그는 괴
상한 운동력을 얻게 되어 신기해하지만 곧 자신의 몸이 파리
로 변해가는 것을 깨닫는다. 주인공이 유전자 변이를 일으키
며 점차 파리가 되어가는 모습은 스크린을 그로테스크한 분

위기로 뒤덮는다. 〈플라이〉 개봉 당시 영화를 보고 관객들이 구토를 했다는 소문이 돌았을 정도다. 과학에의 맹신, 가혹한 동물 실험, 파리 인간으로의 점진적 변신, 이것들은 〈플라이〉를 '공포영화'로 자리매김하게 하기에 충분했다. 공포의 최절정은 파리 인간의 완성이 아니라, 파리가 된 주인공이 여자친구에게도 자신처럼 파리가 되어 함께 살자고 애원하는 대목이다. 그를 파멸로 이끈 것은 다름 아닌 끝 모를 이기심이다. 신의 영역에 더 다가섰던 인간이 미천한 벌레로 변신함으로써 몰락과 공포의 폭은 더욱 커질 수밖에 없다.

수신이 인간에게 남긴 유언, "계속 살아가라"

변신이라는 주제는 애니미즘적 색채가 강한 일본 애니메이션의 거장 미야자키 하야오의 자연관 속에서 신, 반신과 정령, 인간, 자연이 대립하면서도 공존을 모색하는 방향으로 변주된다. 동물, 식물, 무생물에 이르기까지 신격을 부여하는 일본 전통 가미(神)신앙이 〈이웃집 토토로〉(1988), 〈모노노케 히메〉(1997), 〈센과 치히로의 행방불명〉(2001) 등에서 자연에 대한 존중으로 재해석된다. 그러한 철학을 가장 선명하게 드러낸 작품이 〈모노노케 히메〉다.

미야자키 하야오는 〈모노노케 히메〉에서 총과 대포를 개발해 숲에서 자연 신들을 몰아내려는 인간들, 목숨을 걸고 삶의 터전을 지키려는 자연 신들의 전쟁을 그린다. 소수 부족 청년 아시타카는 미쳐서 마을을 공격하는 멧돼지 신을 죽인 뒤 저주를 받고, 이를 풀기 위해 수신이 사는 숲으로 향한다. 수신은 밤에는 투명하게 비치는 괴물 형태로 떠다니다가 동이 트면 자기 집으로 가서 멋진 황금색 사슴으로 변신하는 존재다. 수신을 비롯한 자연 신의 변신은 인간에게 경이와 숭배의 대상이다. 변신은 신의 능력이기 때문이다.

수신이 사는 숲 인근 마을에서는 강력한 총과 대포를 제조하고 있다. 아시타카는 그것이 숲의 자연 신들을 겨냥하고 있음을 알게 된다. 숲의 자연 신들은 인간의 공격에 맞서 결사항전을 다짐한다. 들개 신들의 딸로 자란 여자 인간 모노노케 히메가 그 선봉에 선다. 모노노케 히메는 자연을 파괴하려는 인간들을 증오한다. 반면 아시타카는 인간들도, 모노노케 히메와 자연 신들도 다치지 않기를 원한다.

아시타카의 노력에도 불구하고 전쟁은 피할 수 없다. 인간들이 노린 수신은 결국 머리만 남긴 채 몸이 터져 죽는다. 소멸하지 않은 수신의 분노는 팽창해 인간들을 위협한다. 아시타카는 수신의 머리를 돌려주어 분노를 진정시킨다. 모노노케 히메는 인간들과 화해하려 하지 않지만, 아시타카를 통해 모든 생명이 중요하다는 수신의 마지막 메시지가 전해진다.

모노노케 히메: 숲이 되살아나더라도 여긴 더 이상 수신의 숲이

아니야. 수신님은 돌아가셨어.

아시타카: 수신님은 절대 돌아가시지 않아. 생명 그 자체니까….
생과 사를 함께 소유하고 계시거든…. 나에게 계속 살아가라고 하
셨어.

인간과 자연(비인간)의 간극이 더 벌어지면, 그 끝은 양측
모두의 공멸임을 변신을 주제로 한 변주들은 일깨운다. 그리
고 인간에게 어떤 선택을 할 것인지 묻는다.

생명의
사슬

올림포스 신들에게는 배신자 혹은 악한이었지만 인간에게
는 모든 것을 아낌없이 내어준 구원자, 불을 훔쳐 인간에게 전
해준 프로메테우스가 코카서스 절벽 꼭대기에 매달려 매일
독수리에게 간을 쪼이는 것은 스스로 선택한 운명이었다. 자
신의 신념을 위해 고통을 감내한 그의 모습은 프랑스 상징주
의 화가 귀스타브 모로, 미국 허드슨강파 화가 토머스 콜의 캔
버스에서 영웅으로 묘사되었다. 바로크 시대 화가 야코프 요
르단스의 그림에서 프로메테우스는 너무도 고통스러운 얼굴
을 하고 있지만 말이다.

세 화가의 그림에서 주목할 부분은 그를 바위에 결박하고
있는 쇠사슬이다. 이 영웅의 팔목과 손목, 허리에서 금속이 번
쩍거린다. 그리스 비극 작가 아이스킬로스의 『결박당한 프로

메테우스』에서 헤파이스토스는 "이 높은 바위 꼭대기에 그 무엇으로도 끊을 수 없는 청동 쇠사슬로 사정없이 묶어야만 하겠소"라고 죄수에게 외친다. 이 대목에서 궁금증이 생긴다. 왜 프로메테우스는 신의 권능이 부여된 올가미, 마법의 포승줄이 아니라 청동 쇠사슬에 묶였을까?

　그것은 그의 본질과 연관되어 있다. 프로메테우스가 자신이 흙으로 빚어 창조한 인간에게 넘겨준 3대 보배는 문명, 예술, 기술(과학)이었다. 이 위대한 휴머니스트로부터 비롯된 불과 상상력은 인간 세계에서 문명과 예술을 꽃피웠다. 『결박당한 프로메테우스』에서 "모든 기술, 모든 물질이 바로 내 손에서부터 인간에게 넘어간 거야"라며 자긍심을 드러낸 그는 인간에게는 기술(과학)의 아버지이기도 했다. 청동 쇠사슬은 불(문명)로 녹인 금속 액체(기술)를 주물에 부어 형태를 잡는 (예술) 과정을 통한 총체적 결과물이다. 기술(과학)을 유출한 혐의자를 묶는 데 가장 어울리는 도구는 당시 첨단 기술의 결정체였던 청동 쇠사슬이 아닐까.

　프로메테우스 안에서 문명, 예술, 기술(과학)은 하나로 융합되었다. 생명의 창조자와 첨단 기술(과학) 엔지니어는 동일한 존재었다. 그것을 직관적으로 파악한 이는 소설가 메리 셸리였다. 동시대 낭만주의자 괴테가 시 〈프로메테우스〉 (1773)에서 "나는 태양 아래 너희 신들보다 더 불쌍한 자들을 알지 못하노라"라고 외친 반항아를 찬미하는 동안에, 메리 셸리는 소설 『프랑켄슈타인: 현대의 프로메테우스』(1818)를 통해 생명의 비밀을 손에 쥔 과학자인 프로메테우스를 해방시켰다.

플라스크 속 호문클루스

　인간을 창조했다는 신은 많지만, 프로메테우스만큼 인간을 온전하게 사랑한 신은 없었다. '미리 생각하는 자'인 그는 인간에게 필요한 선물은 모두 주고자 했다. 서로 사랑하며 살아가는 법도 그중 하나였다. 그러나 인간에게 불행을 야기할 능력은 주지 않았다. 죄다 던져주고 알아서 하라는 식이 아니었다. 프로메테우스는 코로스에게 다음과 같이 고백했다.

　"인간들이 앞날의 운명, 다가올 재앙을 내다보지 못하도록 만들었지."

　그 대신 인간에게 채워준 것은 맹목적인 희망이었다. 불행을 견딜 수 있는 힘이었다. 동서고금에 이 정도로 사려 깊은 신이 있었던가. 인간에게 천국을 약속하면서도 자신을 경배할 것을 요구했고, 이를 따르지 않으면 영겁의 불지옥에 던져버린다고 겁박하는 신들을 생각해보면 대단한 애정이었다. 프로메테우스가 이 세상에 던진 메시지는 창조자가 자신의 피조물에 대해 짊어져야 하는 책임 의식이었다.

인간 세상에 찬란한 문명, 이성의 빛이 쏟아지면서 올림포스의 신들은 아침 이슬처럼 사라져갔다. 프로메테우스도 예외는 아니었다. 생명의 창조자 겸 엔지니어의 자리는 공석이 되었다. 피조물의 신분에 만족할 인간이 아니었다. 중세 들어 과학 지식을 획득한 자 중 창조자의 지위를 탐한 자가 등장했다. 화학 공식으로 금을 만들고 인간을 창조할 수 있다고 주장한 연금술사였다. 걷고 말하는 점토 인형을 만들었다는 알베르투스 마그누스, 플라스크 속에서 '작은 인간' 호문클루스를 제조할 수 있다고 믿은 파라셀수스, 식물의 뿌리에서 인간을 키워낼 수 있다고 주장한 코르넬리우스 아그리파 등이다. 괴테는 소설 『파우스트』에서 연금술사의 호문클루스를 등장시켜 인간이 창조한 괴생명체에 관한 관심을 표현했다. 반면 이들의 연구를 우려의 시각에서 접근한 메리 셸리는 연금술사 마그누스, 파라셀수스, 아그리파의 후계자를 자신의 소설에서 주인공으로 삼았다. 그가 바로 현대판 프로메테우스인 과학자 프랑켄슈타인이었다.

프랑켄슈타인이라 불린 괴물

메리 셸리가 소설 『프랑켄슈타인』을 구상하게 된 사건은 너무도 유명하다. 그녀는 1816년 스위스 제네바 호수에서 시인인 남편 퍼시 셸리와 함께 여름휴가를 보냈다. 이 영국 작가 커플은 그곳에서 낭만파 시인 바이런 경과 친해졌다. 셸리 부부, 바이런, 의사 존 폴리도리는 재미 삼아 각자 괴담을 지어내기로 했다. 퍼시 셸리와 바이런은 그 외에도 당시 화제가 된 과학 이야기를 진지하게 나누었다. 18세기 계몽주의와 함께 다양한 과학 실험이 행해지던 시대였다. 1791년 개구리 뒷다리에 전선을 연결해 동물 전기 실험을 한 이탈리아 볼로냐 대학의 해부학 교수인 루이지 갈바니도 퍼시 셸리와 바이런의 대화 주제에 올랐다. 이들의 이야기에 귀 기울이던 19세의 메리 셸리는 과학이 불러올 비극에 기반한 괴담을 상상력으로써 내려갔고, 그 텍스트로부터 현대에 유명한 괴물 중 하나인 프랑켄슈타인이 탄생했다.

중세 연금술사 마그누스, 파라셀수스, 아그리파에 매료된 젊은 과학도 프랑켄슈타인은 남몰래 인간 창조라는 금기의 영역에 도전한다. 배양액에 세포를 넣고 전기 충격을 가하는 방식은 갈바니의 실험을 연상시킨다. 실험의 실패로 피조물은 배양액 속에서 너무 크게 자랐을 뿐 아니라 외모도 흉측하다. 이에 놀란 프랑켄슈타인은 피조물을 버리고 달아난다. 피조물은 괴물로 보임에도 불구하고 지적·육체적으로 인간보다 우월해 세상의 이치와 언어를 통달한다.

피조물에게 절실했던 것은 한 줌의 사랑이었다. 그가 평범한 인간의 가족에게 받아들여질 뻔한 적도 있었다. 앞을 못 보는 노인은 그의 외모에 편견을 갖지 않았다. 그러나 노인의 가족들은 그를 보기만 해도 기겁했다. 그는 또다시 타인에게 거부당했고, 씻을 수 없는 마음의 상처를 입었다.

괴물의 실수로 프랑켄슈타인 가족이 차례로 죽게 되면서, 피조물에 대한 창조자의 증오는 극에 달한다. 그럼에도 괴물이 깨달은 것은 창조자와 피조물은 부모와 자식의 관계라는 점이다. 부모가 자식을 미워하고 내버려도 천륜은 바뀌지 않는다. 괴물은 프랑켄슈타인 앞에 나타나 그를 원망한다.

"당신이 잉골슈타트에 그대로 남아서, 보통의 아버지들이 하듯이 나를 자식이라 여기고 가르쳤다면, 나는 선과 악을 제대로 이해할 수 있었을지도 모르오. 하지만 당신은 그러지 않았소. 이 세상에서 얻은 최초의 지식은 바로 나를 낳은 아버지가 내 생김새가 혐오스럽다는 이유로 비명을 지르며 달아났다는 사실이오."

우발적으로 피조물의 아버지가 된 프랑켄슈타인이 프로메테우스와 달랐던 결정적 한 가지는 책임 의식 결여였다. 부모가 자식에게 가져야 하는 책임 말이다. 젊은 과학자는 생명체 창조라는 금단의 열매를 따는 데만 몰두했다. 괴물은 월턴 선장의 북극 탐사선에 뛰어들어 부모에게 용서를 구하려고 했으나, 프랑켄슈타인은 그마저도 허락하지 않고 숨을 거두었다. 마지막 순간까지 화해는 없었다. 생명에 대한 존엄이 없는 과학자와 자식 걱정하는 마음이 없는 부모를 만난 피조물, 양자의 비극이었다.

이후 이 불쌍한 피조물은 한 편의 영화 덕분에 '프랑켄슈타인'으로 불리게 되었다. 1931년 미국 유니버설 픽처스가 제작한 영화가 엉성한 걸음걸이로 뒤뚱거리는, 흉악하고 우스꽝스러운 괴물로 그를 변질시켰기 때문이다. 거기에 퀭한 눈, 케첩을 묻힌 듯한 입가, 깍두기 머리는 어찌할 것인가! 소설에서 영특한 괴물이 구사하던 달변은 또 어찌 되었는가. 영화 속 괴물의 입에서 나오는 음성은 죄다 "우오오오오"였다. 그렇게 그는 '무뇌無腦 괴물'로 포장되었다.

프로메테우스, 그리고 유전자의 사슬

"인간들이 앞날의 운명, 다가올 재앙을 내다보지 못하도록 만들었지"라는 프로메테우스의 배려는 또 다른 부작용을 낳았다. 과학자들은 신의 영역에 도전하면서 자신이 어떤 존재를 만들어낼지 알기 어려웠다. 생명에 대한 책임감은 없으면서 근사한 결과만 기대했다. 피조물이 탄생하기 직전, 환희에 들뜬 과학자 프랑켄슈타인은 어떠했을까? 소설의 설명이다. "그는 자신이 만들어낼 이 창조물이 세상의 그 어떤 인간보다도 뛰어난 능력을 지닌 존재가 되리라고 확신했다."

생명의 창조자 겸 엔지니어인 현대의 프로메테우스를 다룬

스토리텔링들은 생명체 창조가 부를 재앙에 초점을 맞추고 있다. 만화로는 이현세의 『아바돈』(1993)이 대표적이다.

어느 과학자가 실험실에서 한 쌍의 작은 인간 남녀를 만들어냈다는 것이 『아바돈』의 출발점이다. 작은 인간 남녀는 '아담'과 '하와'라고 불렸고, 영국 철학자 존 로크의 용어를 빌자면 '타불라 라사tabularasa'(아무것도 써 있지 않은 흰 종이를 뜻하는 라틴어) 상태였다. 아담과 하와는 범죄자에게 이용당하고 사랑하는 인간을 잃으며 점차 악에 빠져든다. 이 커플은 자신들을 심판하려는 창조자에게 외친다.

"당신은 우리를 위한 에덴을 준비해주지 않았어!"

어디선가 들어본 듯한 원망이자 절규다. 창조자 프랑켄슈타인을 원망하는 피조물의 목소리와 중첩된다.

리들리 스콧 감독의 SF 영화 〈프로메테우스〉(2012)는 창조자와 피조물의 관계를 혼란 속으로 몰고 간다. 2093년 12월 과학탐사선 '프로메테우스'가 인간을 창조한 외계인이 존재할 수도 있는 행성에 도착한다. 탐사대는 그곳에서 중요한 사실을 알고 경악한다. 외계인과 인간의 유전자가 100퍼센트 일치한다는 점이다. 인간이 외계인의 유전자로 창조된 실험체라는 가설이 입증된다. 탐사대는 "왜 그들은 지구에 왔었고(만들었고), 우리를 버렸을까?"라는 질문에 대한 답을 얻지 못한 채 창조자에게 몰살당한다.

현대과학으로 밝혀낸바, 생명체는 세포 속 분자 사슬인 유전자의 결과물이다. 인간이 분자 덩어리에 불과하다고 해도 그 존엄성이 사라지는 것은 아니다. 우연의 일치인지 알 수 없지만, 프로메테우스를 묶었던 쇠사슬은 유전자와 비슷한 모양, 같은 구조다. 생명은 세상의 수많은 타자와 사슬처럼 연결되어 존재한다. 그 사이사이에는 책임감의 무게가 깃들어 있다. 프로메테우스의 쇠사슬, 그것은 생명의 기호가 아닐는지.

육체의
악마

중세 기사도 문학에서 가장 두려워하던 악마는 용이었다.
지붕 위를 날아다니며 불덩이를 토해내는 금강불괴의 드래
곤, 그것은 공포의 상징이었다. 8세기에 쓰인 것으로 추정되
는 서사시 『베오울프』에서 기트 왕국의 왕이자 영웅 베오울
프는 용을 죽이지만 그 독이 온몸에 퍼져 최후를 맞는다.

그렇다면 우리가 사는 세상에서 용에 해당하는 악마는 무
엇일까? TV나 스크린을 보면 그 답을 찾을 수 있다. 초점 없
는 퀭한 눈동자로 비틀거리며 다가오는 좀비, 삽자루로 머리
를 때려도 목이 180도 돌아간 채 돌진해 오는 좀비는 바퀴벌
레보다 끈질길 뿐 아니라, 인육을 뜯어먹는 무자비한 존재다.

좀비를 소재로 한 영화, 드라마, 소설은 라인업이 화려하다.
영화 〈레지던트 이블〉(2002), 〈새벽의 저주〉(2004), 〈나는 전

설이다〉(2007), 〈월드워Z〉(2013), 〈부산행〉(2016), 미국 드라마 〈워킹 데드〉(2010), 한국 드라마 〈킹덤: 아신전〉(2021), 소설 『하루하루가 세상의 종말』(2009), 『오만과 편견 그리고 좀비』(2009) 등등. 좀비 영화의 기원으로 지목되는 B급 컬트 영화 〈살아있는 시체들의 밤〉(1968)을 제작한 조지 로메로 감독도 이처럼 좀비 영화가 번성하리라고는 상상하지 못했을 것이다.

코로나19 등 온갖 전염병이 창궐하는 세상에서 일대일로 상대를 감염시키는 좀비 캐릭터는 더욱 현실성을 얻어가고 있기까지 하다. 갑자기 어떤 전염병으로 인류 대부분이 좀비처럼 되지 않으리라는 보장이 어디 있는가.

문제는 좀비가 인류를 위협하는 외부의 적이 아니라는 점에 있다. 좀비는 살아 있는 인간이 변해 움직이는 시체다. 동료, 친구, 가족, 심지어 나 자신까지 누구든 좀비가 될 수 있다. 이보다 더 고약한 일은 없는 듯하다. 게다가 좀비에 대한 정보는 턱없이 부족하다. 좀비균이 무엇인지, 치료제가 있는지, 좀비가 되면 살짝은 살아 있는 건지, 완전히 죽은 건지조차 알 수 없다. 좀비라는 존재의 파괴력은 잔인하거나 무서운 차원을 넘어, "육체는 영혼의 감옥"(플라톤)이라는 영혼과 육체의 이분법 혹은 "육체와 영혼은 하나"(니체)라는 일원론으로 구분되어온 철학의 전통적 사유 체계까지 무력화한다. 육체라는 악마가 영혼을 소멸시키는 것이 좀비이기 때문이다.

좀비 영화에서는 육체가 절대적으로 악마화된다. 그 자체가 컬트적이다. 철학자 데카르트가 매일 한 편씩 엿새 동안 총 여섯 편의 『성찰』(1641)을 써 내려가며 "이 세상에 정신보다 더 명증적인 것은 없다"라는 명제를 완성했건만, 좀비에 이르면 데카르트가 그토록 고귀하게 여긴 영혼(정신)은 단 한 번의 파도에 허물어진 모래성처럼 온데간데없다. 어떤 좀비 영화에서는 멀쩡한 사람이 좀비에게 물린 후 좀비로 변하는 데 몇 분도 걸리지 않는다. 영화 〈월드워Z〉에서 좀비로 변하기까지 걸리는 시간은 12초에 불과하다. 허무하고 무력하기 짝이 없는 영혼이여!

좀비의 오리진은 로메로의 영화 〈살아있는 시체들의 밤〉이 아니다. 좀비는 서아프리카에서 유행한 부두교에서 유래했다. 밥 커랜이 저술한 『언데드 백과사전』(책세상, 2010)은 좀비를 다음과 같이 정의한다.

좀비는 자연사한 것이 아니라 마법에 의해 살해되어 섬뜩한 마술에 의해 괴물로 변한 존재다.

부두교의 좀비는 성격을 종잡을 수 없는 막강한 정령 로아의 신들림으로 깨어났다. 악마에 사로잡힌 육체는 초인적인 힘을 가져서 연기의 형태로 열쇠 구멍을 통과할 수도 있었다

고 한다. 부두교 신앙에서 인간과 정령 로아의 관계를 조정하
거나 중재하는 사람들은 '웅간'(남성)이나 '맘보'(여성)라고
불렸다. 샤먼 같은 이들이 부두교 교도들 사이에서 막강한 권
력을 휘둘렀음은 다시 논의할 필요가 없다. 부두교와 그 변형
은 서아프리카 노예들이 정착한 카리브해, 남아메리카 및 북
아메리카 등에서 번성했다. 특히 미국 남동부의 유명한 노예
항인 루이지애나(뉴올리언스)와 찰스턴(사우스캐롤라이나)
은 미국 부두교의 중심지가 되었으며, 부두교의 사제들끼리
마법을 걸어 상대를 죽였다는 소문이 퍼져 나갔다.

진화를 촉발한 좀비의 비정형화

컬트문화의 산물인 좀비는 정형화되어 있지 않다. 좀비는
제작자에 따라 조금씩 변형되는 양상을 보인다. 살아 있는 인
간만 보면 달려들어 이빨 자국을 내려는 속성만 같다. 좀비의
비정형화가 진화를 촉발하는 셈이다.

영화 〈살아있는 시체들의 밤〉의 좀비는 매우 느린 편이다.
양쪽 허벅지는 붙고 종아리가 벌어지는 팔자걸음으로 걷기
때문에 비척거린다. 도망가려고 마음먹는다면 뛰기만 해도
(공포심으로 얼어붙지만 않는다면) 벗어날 수 있다. 멀쩡한
사람들이 왜 좀비가 되었는가? 냉전 시대를 경험한 로메로 감
독은 좀비의 생성 원인을 방사능 오염으로 설정했다. 1950년

대의 일본에서 괴물 고질라가 방사능 오염으로 인해 태어난
것처럼.

느림보 좀비는 21세기 들어 '노땅' 취급을 받는다. 영화 〈28
일 후〉(2002)에서는 일반적인 인간의 속도로 뛰어다니는 좀
비가 나타난다. 인간은 좀비를 상대하기 어려워지고, 관객의
심장은 쫄깃해진다. 대니 보일 감독은 좀비의 생성을 방사능
이 아닌 바이러스에서 찾았다. 좀비는 빠르고, 바이러스는 더
빨리 전파된다. 좀비에게 쫓기는 주인공의 발에는 예전에 비
할 바 없이, 땀이 찰 수밖에 없다.

〈월드워Z〉의 주인공들은 정신을 못 차릴 정도로 쫓긴다.
남자 좀비건, 여자 좀비건 육상 선수 같은 속도로 달려든다.
달리기로도 좀비를 이길 수 없게 된 것이다. 이 영화에서 자
주 회자되는 대목은 좀비들이 인간을 잡아먹기 위해 힘을 합
쳐 예루살렘 성벽을 넘는 장면이다. 무장 헬기가 공중에서 기
관총을 난사하지만, 좀비들은 먹잇감이 득시글거리는 성벽
안쪽으로 진입하기 위해 서로의 등을 타고 오른다. 고대 공성
전에서 공세를 펴는 세력이 성벽에 산처럼 쌓아 올린 흙더미
처럼. 여기서 인간이 좀비에 대해 갖고 있던 우월성이 깨진
다. 좀비의 머릿속에 악령이 들어찬 것일까? 좀비에게 지능
이 생긴 것인지, 단순한 본능인지 알 수 없지만 결과적으로
인간이 좀비의 사냥에서 벗어날 가능성은 현저히 낮아진 셈
이다.

〈월드워Z〉에서는 진화한 좀비를 상대로 한 새로운 생존법이 제시된다. 전 UN조사관인 주인공은 좀비가 본능적으로 병자를 물지 않고 피해 가는 장면을 목격한 후 목숨을 건 실험을 감행한다. 백신을 투약해 병자로 위장한 후 좀비 떼 사이를 걸어가고 좀비들은 그를 투명인간 취급한다. 인류는 하늘이 무너지는 가운데 솟아날 구멍을 찾은 것이다! 향후 좀비는 아픈 사람을 물지 않는다는 설정이 좀비물의 클리셰가 될는지는 두고 보기로 하자.

〈부산행〉의 좀비는 전직 육상선수인가 싶을 정도로 빠르다. 역사에서 먹잇감(살아 있는 인간)이 가득 탄 KTX 위로 사정없이 몸을 날리는 좀비들은 몸이 돌아가고 뼈가 부러진 것 같은데도 달리는 열차를 따라잡는다. 어떻게 그렇게 뛸 수 있는지에 대한 설명은 당연히 없다. 한편 빛이 들지 않는 터널에서는 움직이지 않는다. 다행히 시각에서 치명적인 약점을 드러낸다. 일단 먹잇감이 눈에 보이지 않거나 움직이지 않으면, 좀비는 살아 있는 인간을 공격 대상으로 인식하지 못한다. 생존자들은 그 덕에 몇 차례 목숨을 부지한다.

무조건 빠른 좀비를 선호하는 것은 아니다. 인기 미드의 원작 만화 『워킹 데드』(2003)는 고전적 좀비에 자신만의 스타일을 가미한다. 경찰 출신인 주인공 릭은 도끼와 총을 사용해 떼로 덤벼드는 좀비를 작살낸다. 미국 애틀랜타의 좀비는 영리하지 않을 뿐 아니라 "완전 굼벵이"이기 때문이다. 『워킹 데드』속 좀비는 살아 있는 인간과 자신의 족속을 냄새로 분별한다. 그것을 간파한 릭은 좀비의 시체를 조각내 자신의 옷에 바르고 유유히 시내를 돌아다닌다. 좀비에 대한 또 다른 설정이 있다면 몸에 피가 안 돌아 추위에 약하다는 것이다.

고등학교를 배경으로 한 웹툰 〈데드라이프〉(후렛샤 글, 임진국 그림, 2018)에서 생존자들은 진화한 좀비 덕에 더욱 고전한다. 인간 이상으로 지능이 높고 빠르며 변상도 할 수 있는 좀비가 출현한다. 전략을 짜서 인간을 사냥하는 것을 즐기는 악질종이다.

산송장은 누구인가

쫓고 쫓기는 빤한 레이스와 비명이 좀비물의 전부라고 생각한다면 오산이다. 로드무비 형태를 띠고 있지만 〈워킹 데드〉가 궁극적으로 추구하는 것은 극한의 상황에서 드러나는 생존자들의 본성이다. 생존자 집단의 리더가 된 릭은 교도소를 발견하고 안도한다. 교도소는 좀비에게 360도 포위되어 있긴 하지만 철장으로 보호될 뿐 아니라, 그 안에 식량과 무기를 대량으로 보유하고 있기 때문이다. 릭은 교도소 안에서 다섯 명의 생존자 죄수를 만나는데, 좀비라는 공통의 적을 두고 그들과 협력하기로 한다. 생존자 집단이 최적의 보금자리를 얻었다는 생각이 착각이었다는 것이 밝혀지는 데는 얼마

걸리지 않는다. 두 명의 젊은 여자가 목이 잘린 채 발견된다. 다섯 명의 죄수가 살인마로 의심받고, 생존자들은 분열한다. 또 다른 연쇄살인이 실패로 돌아가면서 아주 점잖은 죄수가 살인마였음이 드러난다. 차라리 좀비가 살아 있는 인간보다 덜 위험해 보인다.

제정신으로 살 수 있는 세상은 아니지 않은가. 생존자들은 광기나 집착에 휩싸여 일탈을 하기도 한다. 멀쩡한 배우자나 연인을 두고 다른 이성과 쉽게 육체관계를 맺는다. 한 번의 실수로 관계는 깨지고, 배신감을 느낀 인간들은 자살을 시도하거나 어이없는 죽음을 맞는다. 생존의 희망이 절실하지만, 그들 머리 위를 먹구름처럼 맴도는 것은 절망이다. 릭은 눈앞에서 철조망을 흔들고 있는 좀비들을 가리키며 분열과 고립에 빠진 생존자 집단에게 외친다.

"우린 저 산송장들에게 둘러싸여 있어. 그 속에서 살다가 마침내 숨이 끊어지면, 저렇게 돼! 우린 빌려 온 시간을 사는 중이야. (…) 우리들이야말로 산송장이야!"

생존자들은 좀비를 처치하면서도 자신이 무감각해지는 것에 두려움을 느낀다. 좀비 역시 얼마 전까지는 인간이지 않았는가! 그들은 좀비가 어떤 내면 상태인지, 다시 인간이 될 수 있는지 등에 대한 궁금증도 드러낸다.

좀비의 너덜거리고 썩어가는 육체 안쪽은 미지의 영역이다. 탐사의 기치를 올린 용감한 도전자들이 몇 있는데, 앞에서 언급한 웹툰 〈데드라이프〉가 대표적이다. 좀비에게 물려 의식을 빼앗기면서도 한 줄기 정신을 붙들고 가는 주인공을 통해 우리는 좀비가 되면 어떤 느낌이고 상황인지 간접적으로 체험하게 된다. 여기서도 좀비는 시력이 퇴화되어 냄새로 아군과 사냥감을 구분한다. 좀비에게 물린 인간의 육체는 일단 사망한다. 맥박과 의식이 없고 심장은 정지된다. 좀비가 된 주인공은 희미한 의식 속에서 출혈이 멈췄음을 느낀다. "좀비가 되면 혈액이 응고되는 듯싶다"라는 작가 후기를 참고할 만하다. 주인공이 경험한 좀비화 시간은 10~30분. 생존자 중 하나는 "(좀비란) 죽었지만 죽지 않은 거지"라며 좀비의 상태를 규정한다. 주인공의 고통은 정신을 소멸당하지 않기 위한 내적 투쟁에서 비롯된다.

미지의 영역에 진입했다고 모든 것을 알 수 있는 것은 아니다. 좀비들만 끌려가는 지옥이 있을 줄 누가 알겠는가. 좀비의 진화, 좀비 내면으로의 탐험, 좀비 육체 속에서 사라진 영혼의 행방, 로아 같은 악령 등이 앞으로도 좀비 이야기를 새롭게 쓰는 '떡밥'이 될지도 모른다. 더구나 좀비를 문화적 영역 속에서 창조한 가상의 존재가 아니라 실재한다고 믿는 이들도 극소수이기는 하지만 생겨나고 있다. '육체의 악마'라는 이 글의 제목에서 레몽 라디게 류의 정욕 이야기를 기대했던 독자

들에게는 실망스러울 수 있겠지만, "죽었지만 죽지 않은" 모
순적 존재를 집어삼킬 황폐함을 더 적확하게 드러낼 표현이
생각나지 않는다.

노스페라투,
공포와 매혹

　이교도 신앙과 기독교 문명의 혼재, 오스만 제국과 기독교 세력의 군사적 충돌. 그 십자로 한가운데 트란실바니아(과거의 헝가리, 지금의 루마니아)에서 위험한 존재가 태어났다. 그를 만나려면 누런 달빛 아래 험준한 카르파티아산맥 속 외딴 성의 지하실로 내려가야 한다. 그럴 필요가 없기는 하겠다, 그는 밤이면 지하실 관에서 일어나 걸어 나올 테니까. 검은 망토를 펄럭이며 혹은 박쥐가 되어 날개를 퍼덕거리며 어둠의 제왕으로 군림하는 그는 다름 아닌 드라큘라 백작이다.

　큰 키에 검은색으로 몸을 휘감은 드라큘라는 수많은 종류의 뱀파이어를 대표하는 캐릭터가 되었다. 이는 그를 소설 『드라큘라』(1897)의 주인공으로 형상화한 아일랜드 소설가 브램 스토커의 공이다. 그럼에도 드라큘라는 죽었다가 되살아나 산 자의 피를 마시는 뱀파이어의 일원이다. 유럽 변방인 고대·중세 슬라브족 영토와 아일랜드, 스코틀랜드 등에서는 뱀파이어 전설과 민담이 민간신앙과 뒤섞여 핏빛 공포를 선사했고, 뱀파이어와 드라큘라의 실존 모델이 악명을 떨치기도 했다. 역사상 최초의 뱀파이어 소설로는 시인 바이런의 친구이자 영국 소설가 겸 의사인 존 폴리도리가 1819년 4월《뉴먼슬리 매거진》에 연재한 「뱀파이어」를 꼽을 수 있다. 당시 유행하던 고딕소설 중 하나였지만 뱀파이어를 전면에 내세운 「뱀파이어」에 이어 영국 소설가 토머스 프레스켓 프레스트의 『바니 더 뱀파이어』(1847)가 빅토리아 시대 뱀파이어 열기에 불을 지폈다.

소설 『드라큘라』의 탄생 이전에는 동성애적 성향의 여성 뱀파이어를 그린 아일랜드 소설가 조셉 토마스 셰리든 르 파뉴의 『카르밀라』(1872)가 뱀파이어 소설물 계보의 앞단에 자리한다. 음험한 날씨와 고립된 환경의 영국이나 아일랜드의 작가들이 뱀파이어 창작을 이끌었다고 할 수 있다. 초창기 특정 지역색이 강했던 흡혈귀 이야기는 영화 〈새벽에서 황혼까지〉(1996), 뮤지컬 〈드라큘라〉(2001), 영화 〈반 헬싱〉(2004), 시트콤 〈안녕, 프란체스카〉(2005), 영화 〈트와일라잇〉(2008), 미국 드라마 〈트루 블러드〉(2011) 등 강렬한 영상에 익숙한 전 세계 젊은이를 매혹시키고 있다.

'노스페라투'(동유럽에서 불사귀不死鬼를 지칭하는 용어)라고도 불리는 드라큘라는 여느 뱀파이어보다 위협적이어서 가장 먼저 알아볼 필요가 있다. 그는 마음만 먹으면 박쥐로도 늑대로도 안개로도 변한다. 문이나 유리창에 작은 틈만 있어도 안개 형태로 우리가 자는 방에 들어올 수 있다. 그다음 수순은 예외 없다. 목덜미 혹은 그 아래쪽에 "핀으로 찔린 것 같은 두 개의 자국"을 남긴다. 그를 어떻게 막을 수 있단 말인가.

브램 스토커의 소설 『드라큘라』에서 동료들이 희생되자 암스테르담에서 런던으로 건너온 철학자 반 헬싱은 "옛날 이교도 세계에서 건너온 악마가 아직도 우리에게 머물면서 장난을 치고 있단 말입니까?"라고 개탄한다. 영국에서 트란실바니아의 성으로 돌아가는 드라큘라 백작의 행적을 뒤쫓던 그는 "그 자는 다뉴브 강을 건너 투르크 땅으로 쳐들어가 투르크인들을 무찌름으로써 명성을 얻은 드라큘라 총독이었음이 분명합니다"라고 그 정체를 밝힌다.

여기서 언급된 '드라큘라 총독'은 15세기 왈라키아(트란실바니아의 일부)의 지배자였던 실존 인물 블라드 3세를 가리킨다. 그의 아버지 블라드 2세는 투르크족의 위협으로부터 동부 유럽을 방어하기 위해 신성로마제국 황제 지기스문트가 결성한 '용의 기사단'에 합류하며, 왈라키아 화폐에 용을 새겨 넣었다. 이를 계기로 그는 '블라드 드라쿨Dracul'이라고도 불렸다. 왈라키아어로 용은 '드라크Drac'였는데, 중세에 용은 '악마'를 뜻하기도 했음을 염두에 둬야 한다. 대권을 이어받은 것은 그의 차남 블라드였다. 블라드 3세는 '블라드 드라큘라'(Drac + ula = 용 + 아들, 즉 용의 아들)로 불리며 역사의 무대에 등장했다. 블라드 3세는 곧 잔인함의 대명사로 떠올랐다. 그중 가장 유명한 일화는 궁전에서 세 명의 투르크 사신을 처형한 사건이다. 투르크 사신들은 자국의 관습에 따라 페즈(터키의 이슬람교도가 쓰는 모자)를 블라드 3세 앞에서도 벗지 않았다. 이들을 오만불손하게 여긴 블라드 3세는 페즈를 두른 사신들의 이마에 그대로 못질을 해버렸다. 말뚝에 적의 시체를 항문부터 꿰어서 야외에 버젓이 전시한 것도 그가 악명을 떨치는 데 크게 일조했다. 헝가리와 투르크라는 두 강국 사이에 끼인 채 독립을 유지해야 하는 소국 군주의 어쩔 수 없는 선택이었는지 모르지만, 적들뿐만 아니라 주변 백성들은 그의 이름만 들어도 진저리를 쳤다.

어떤 이유로 잠들지 못했는지 모르지만, 그토록 잔인한 작자가 번듯한 성과 백작이라는 지위를 가진 불사귀의 몸으로 '드라큘라 백작'이 되어 소설의 문학적 공간인 19세기 세계 금융 중심지 런던에 나타난 것이다. 드라큘라의 귀족 지위와 검은 망토를 당연하다고 볼 수는 없다. 브램 스토커는 슬라브 족의 민담에 등장하던 언데드를 귀족 루벤스 경으로 재생시킨 폴리도리의 「뱀파이어」를 참고했을 가능성이 크다.

뱀파이어들은 대체로 성적 유혹, 비밀스러운 로맨스 등 유혹자의 면모를 짙게 드러낸다. 반면 브램 스토커의 드라큘라는 냉정한 지배자로서 자신의 세계를 구축하는 데 집중한다.

피를 빨려는 대상과 아슬아슬한 로맨스를 넘나드는 뮤지컬 〈드라큘라〉의 주인공은 소설 속 드라큘라에서 변형된 캐릭터다. 소설 『드라큘라』에서 반 헬싱은 드라큘라 백작을 "감정도, 양심도 없다"고 규정한다. 소설 전반부에서 드라큘라는 자신의 성에 함께 기거하는 세 명의 여성 드라큘라에게 남성 방문자(조너선 하커)를 건드리지 말라고 명령한다. 자신의 먹잇감이라는 것이다.

드라큘라: 이 사람은 내 거야!

여자 드라큘라: 당신은 사랑을 해 본 적도 없고, 사랑을 하지도 않잖아요!

드라큘라: 아니지, 나도 사랑을 할 수 있어.

드라큘라의 말은 사실일까? 여성 드라큘라들이 움찔하면서도 성의 주인에게 빈정댄 이유가 있다. 소설 마지막 장까지 드라큘라의 말을 입증할 대목은 거의 나타나지 않는다. 그가 아름답고 젊은 여성인 루시와 미나의 목을 물기는 하지만. 드라큘라는 "그놈들(반 헬싱의 비밀결사)이 태어나기 전부터 수

백 년 동안 여러 나라들을 지배하고 그 나라들을 위해 술책을 쓰고 싸워 온 나에게 저항해서 재간을 부린다"며 분노를 표출한다.

드라큘라는 부하를 두고 활용하는 스타일이다. 늑대와 집시 들이 그의 뜻에 따라 수족처럼 움직인다. 생명체를 산 채로 삼키는 동물 탐식증 환자 렌필드도 백작의 부하로 드러난다. 그는 정신병원에 갇힌 상태에서도 드라큘라의 움직임에 반응하며 "주인님께서 가까이 와 계시오!" 하고 외친다. 바닥에 쏟아진 피를 핥으며 "피는 생명이다!" 하고 말하는 동물 탐식증 환자는 피를 마시고 젊어지는 드라큘라의 행위를 미친 듯 모방한다. 반 헬싱에게 완전히 봉쇄된 렌필드가 용도폐기되었다고 생각한 것일까? 드라큘라가 실험 대상으로 삼은 렌필드는 의문의 두개골 함몰로 사망한다.

너와 나는 영원히 하나야

드라큘라와 달리 사랑을 맹세하고 속삭이는 뱀파이어도 있다. 그렇다면 뱀파이어가 감미롭게 내뱉는 사랑의 밀어들을 믿어도 될까? 그 사랑에 몸을 맡겨도 될까? 『드라큘라』보다 18년 앞서 출간된 조셉 토마스 셰리든 르 파뉴의 소설 『카르밀라』를 보자면 그 사랑의 대가는 치명적이다.

주인공 로라가 일인칭 관점으로 남긴 자료 형식을 갖춘 『카르밀라』는 14세 소녀 로라가 사는 오스트리아의 고립된 성에 갑자기 나타난 신비로운 소녀 카르밀라를 소개한다. 귀족 자제로 추정되는 카르밀라는 로라의 성터에서 사고를 당해 그녀와 함께 살게 된다. 로라는 그녀가 나타나기 오래전부터 초자연적인 현상과 공포에 시달렸는데, 여섯 살 때 자신의 방에서 유령처럼 서성이던 괴상한 소녀가 바로 카르밀라임을 알아본다. 꿈속에서 만난 소녀와 현실에서의 재회. 카르밀라는 머리부터 발끝까지 인간이라기에는 너무 아름다운 외모와 목소리로 매력을 뚝뚝 흘릴 뿐 아니라 달콤한 사랑을 선사한다. 로라 역시 카르밀라의 거부할 수 없는 매력에 빠져들 수밖에 없다. 더구나 카르밀라는 동성인 로라에게 스킨십과 함께 이해하기 힘든 사랑을 귓가에 속삭인다.

"내 사랑, 내 사랑, 나는 네 안에 살고 있어. 너는 나를 위해 죽겠지. 나는 그만큼 너를 사랑해. (…) 사랑은 항상 이기적이지. 격렬할수록 더 이기적이야."

로라는 한참 후에야 이 고백의 의미를 깨닫게 된다. 카르밀라의 진짜 정체를 알아챈 후에야. 카르밀라는 150년 전 죽었다가 뱀파이어로 부활한 카른슈타인 가문의 백작 부인 '미르칼라'였고, 그녀는 로라에게 접근했던 방식으로 '밀라르카'라는 이름을 쓰며 다른 소녀들의 생명을 빼앗았다. 애너그램(알

파벳 철자의 순서를 뒤바꾸는 언어유희의 일종)으로 이름을 바꾸며 영생을 살아가는 망자였던 것이다. 백작 부인 미르칼라의 무덤을 열었을 때 목격자들은 소름 돋는 장면을 마주한다. 장례식 이후에 150년이 지났음에도 화사하게 생기가 도는 망자라니. 이 소설의 영향을 받은 『드라큘라』에서 반 헬싱 일행이 추적 끝에 드라큘라 백작의 관을 열었을 때도 이와 비슷한 광경이 펼쳐진다.

"너와 나는 영원히 하나야"라는 카르밀라의 고백은 로라의 피가 모두 그녀의 몸에 흡수되어 뱀파이어를 위한 생명의 에너지가 될 것임을 내포한다. 뱀파이어는 왜 사랑의 형식을 빌어 상대를 흡수하려고 할까? 에필로그에서 로라는 다음과 같이 결론 내린다.

살아 있는 자의 피가 그들에게 산 사람처럼 생기가 돌게 합니다. 뱀파이어는 특정한 사람과 사랑과 비슷한 맹목적인 격정에 빠지는 경향이 있습니다. 그래서 자신의 욕망을 채우기 위해서는 끝없는 인내와 술수를 발휘해야 합니다. (…) 그 욕망이 완전히 충족될 때까지, 은밀한 희생양을 모조리 빨아들일 때까지 멈추지 않습니다.

뱀파이어가 타고난 유혹자임을 보여주는 대목이다. 강제로 상대의 목에 송곳니를 꽂는 것이 아니라, 희생양이 자발적으로 마음을 열어 피를 마시도록 해주는 방식이다. 타자의 피와 생명을 흡수해 영생을 살아가려는 존재는 은밀하게 그것을 취하려 한다. 희생양은 참담한 공포와 감당하기 어려운 매혹을 동시에 느끼며 죽어간다. 이런 사냥 방식은 자연법칙이 지배하는 세상에서 존재하지 않던 것이다.『드라큘라』에서 조너선 하커의 연인 미나가 드라큘라에게 목을 물릴 때 일종의 황홀감을 느꼈다고 고백한 것도 같은 맥락이다.

『카르밀라』와 『드라큘라』는 흡혈귀물의 문법을 확립했다. 본질은 금단의 영역, 즉 공포를 감싸는 사랑(로맨스 혹은 성적 유혹), 반대로 사랑 안에 깃든 공포다. 낭자한 피와 풍만한 가슴, 거칠 것 없는 음란행위까지.『드라큘라』의 실질적 주인공인 반 헬싱을 뱀파이어 헌터로 그린 영화 〈반 헬싱〉도, 질펀한 술집을 배경으로 한 〈새벽에서 황혼까지〉도, 노란 달빛이 어울리는 〈트와일라잇〉도 예외 없이 그 문법을 따랐다.

방심하지 말지어다. 교활하고 매혹적인 뱀파이어는 어느 시대, 어떤 공간에 어떤 모습으로 부활해 그대 곁에서 영원한 사랑을 속삭일지 모르는 것이니. 뱀파이어 변주 역시 영원할 수밖에.

5

인간적인
캐릭터

영원한
사랑

    영원한 사랑의 최고봉은 그리스 신화가 전범典範으로 내세운 오르페우스와 에우리디케다. 비파를 연주하면 산천초목과 들짐승까지 넋을 잃고 연주에 빠져들었다는 미남과 트라키아의 하마드리아스(나무의 요정)로 탁월한 아름다움을 자랑한 미녀의 만남은 그 자체로 눈부시게 아름다웠다. 아폴론과 뮤즈인 칼리오페의 아들이자 디오니소스 숭배자인 오르페우스, 그의 아내 에우리디케는 자신의 반쪽을 찾음으로써 완전체가 됐다. 과연 신들도 부러워할 만한 사랑이었다.

    그 사랑의 결말은 처절한 비극이었다. 오르페우스는 죽은 연인을 되찾기 위해 저승까지 찾아갔고, 스틱스 강변에 앉아 이레 동안 식음을 전폐했지만, 에우리디케 되찾기에 실패한 후 숱한 트라키아 여인들의 유혹을 거부했으며, 이에 광분한 여인들의 습격을 받아 몸이 갈기갈기 찢기고 말았다. 그의 머리는 헤브로스강에 떨어져 가라앉으면서도 "에우리디케"라고 계속 소리 질렀다고 한다. 어쩌면 아르고선의 악사樂士로서 이아손과 모험을 이어나가 에우리디케를 알지 못했던 편이 낫지 않았을까. 역설적으로 그의 비극은 영원한 사랑의 오리진이 됐다.

오르페우스와 에우리디케의 이야기는 후세에 수많은 변주를 낳았다. 너무나 강렬한 이야기여서 변주들은 그 드라마의 틀을 매우 강하게 의식하는 경향이 있다.

신들에게 받지 못한 축복

이들의 사랑은 전적으로 찬미와 축복의 대상만은 아니었다. 로마 시인 오비디우스는 『변신 이야기』에서 불길한 전조와 함께 두 사람의 결합이 신의 축복을 받지 못한 점을 지적했다. 오비디우스에 따르면 결혼식 당일 오르페우스의 초대를 받은 결혼의 신 휘메나이오스가 그 자리에 나타났다. 휘메나이오스의 표정은 우울했고, 다른 혼례식장에서 빠짐없이 불렀던 축가도 부르지 않았다. 그가 들고 온 햇불은 제대로 타지도 않고 연기만 뿜어 하객들을 눈물 흘리게 했다. 이 에피소드를 보면 신들은 오르페우스와 에우리디케의 결합을 진심으로 축복할 마음이 없던 것처럼 보인다.

그 이유는 무엇일까? 질투였을까? 예술가를 좋지 않게 보았던 그리스 철학자 플라톤은 오르페우스의 진정성을 의심하며 신들을 옹호했다. 그는 『향연』(『소크라테스의 변명』, 문예출판사, 1992)에서 파이드로스의 입을 통해 지옥왕 하데스가 에우리디케를 돌려주지 않은 이유를 설명했다. "음악가에게만은 자연스러운 일이지만, 그에게는 기백이 모자란 것 같았기 때문입니다. 그에게는 알케스티스처럼 사랑을 위해 죽을 용기가 없었고, 따라서 살아서 하데스에 들어가려고 했던 것입니다. 이 때문에 신들은 그에게 처벌을 내렸고, 여자들의 손에 죽게 만든 것입니다."

논란에도 불구하고 오르페우스는 에우리디케 없이 세상을 살 수 없었다. 오르페우스의 입장, 비통한 마음은 독일 작곡가 글룩의 오페라 〈오르페오와 에우리디체〉(1762)의 3막 아리아 〈에우리디체를 잃고〉 도입부 두 소절에 모두 담겨 있다.

에우리디체 없이 무엇을 할까?
사랑하는 그대 없이 어디로 갈까?

마리아 칼라스의 목소리를 입은 오르페오의 탄식을 듣노라면, 오르페우스의 억장 무너지는 절망과 슬픔은 의심할 바 없다. "당신의 목소리로 날 가두지 않는다면/ 난 손바닥에서 뛰쳐나와/ 암청색暗靑色의 청원으로/ 내 몸을 부어 버리겠어요

…"(〈신부〉 중)라며 절대적 사랑을 예찬한 독일 시인 라이너 마리아 릴케도 『오르페우스에게 바치는 소네트』(1923)에서 그를 열렬하게 지지했다.

하데스타운까지 간 오르페우스

에우리디케 이전부터 오르페우스의 단짝은 비파다. 바꾸어 말하면 악기 없는 오르페우스는 오르페우스가 아니다. 악기를 놓는 순간 오르페우스는 영혼 없는 껍데기일 뿐이다. 음악과 불가분의 관계 탓에 무대 공연에서 가장 적극적으로 변주를 시도해왔다.

오페라 〈오르페오와 에우리디체〉의 작곡가 글룩은 신화가 오르페오에게 너무 잔인했다고 본 듯하다. 그는 사랑의 신 아모르의 역할을 부각해 총 3막 구성으로 오리진과 다른 결말을 유도했다. 1막에서 에우리디체는 죽고, 아모르의 도움으로 오르페오는 지하세계로 향한다. 3막에서는 오르페오가 지하세계에서 에우리디체를 데리고 나오다가 뒤를 돌아보고 연인을 잃는다. 오르페오는 목숨을 끊으려 한다. 아내와 영원히 하나가 되기 위하여. 그때 아모르가 오르페오의 자살을 저지하고 아내를 돌려준다. 아모르의 마지막 대사 "더 이상 사랑의 힘을 의심하지 마라. 나는 이 음습한 장소에서 너희들을 데리고 나갈 것이다. 이제부터 사랑의 기쁨을 만끽하라"가 바로 글룩이 장중한 선율에 담아내고자 한 메시지였다. 글룩은 이 오페라의 성공으로 국제적 명성을 얻으며 독일 오페라의 대표자가 됐다.

19세기 오페레타인 자크 오펜바흐의 〈지옥의 오르페〉(1858)는 변주들 가운데 오리진을 가장 심하게 비튼 사례라 할 수 있다. 오펜바흐는 부도덕한 프랑스 상류사회의 위선을 비판하고자, 가볍고 풍자적인 오페레타의 특성에 맞춰 오르페우스 신화를 끌어다 썼다. 〈지옥의 오르페〉에서 숭고한 사랑 따위는 없다. 오르페와 외리디스는 소위 말하는 '쇼윈도 부부'다. 바람둥이 제우스는 신화의 이미지대로 외리디스를 넘본다. 외리디스가 하데스와 지옥으로 간다는 편지를 남기고 사라지자, 오르페는 "자유다!"라고 외치며 기뻐한다. 오르페가 외리디스를 구하러 떠난 것은 사실 남의 눈을 의식해 자신의 평판을 지키기 위한 행위였다. 바람난 주인공들의 위선, 모두 즐겁게 그 유명한 캉캉을 추며 막을 내리는 결말은 무대를 유쾌한 웃음으로 꽉 채운다.

브로드웨이 뮤지컬 〈하데스타운〉(2019)은 오르페우스와 에우리디케 신화를 현대적 공간으로 가져와 자본과 노동에 대한 이야기를 시도했다. 가난한 노동자들이 착취당하며 영혼을 잃은 채 살아가는 어느 음울한 공간, 그곳이 바로 자본가 하데스가 다스리는 지하 생산기지인 하데스타운이다. 에우리디케가 하데스타운에 온 연유도 굶어 죽지 않기 위해 자발적으로 하데스와 계약한 것이다. 기타를 둘러맨 오르페우스는 음악으로 하데스가 노동자들을 착취하는 세계에 균열을 낸다. 신화와 마찬가지로 오르페우스는 뒤를 돌아본다. 비극은 이 뮤지컬도 쉽게 벗을 수 있는 것이 아니었지만, 세상을 바꾸려는 오르페우스의 노력은 한 줄기 빛을 발한다.

오르페가 남긴 카니발의 아침

후대가 지금까지 오르페우스와 에우리디케의 사랑에 바친 최고의 헌사는 영화 〈흑인 오르페〉(1959)가 아닐까 한다. 1959년 칸영화제 황금종려상, 아카데미 외국어영화상 수상에 빛나는 이 영화의 감독 마르셀 카뮈는 마음먹고 오르페우스 신화의 변주에 도전했다. 〈흑인 오르페〉는 '오르페우스와 에우리디케가 20세기 브라질 리우 카니발에 부활해 재회한다면'이라는 가정을 염두에 둔 듯하다. 과연 그들이 다시 태어나 만나면 어떻게 될까?

리우 카니발을 하루 앞둔 리우시의 언덕 빈민촌. 가난하지만 언덕에 서면 태양이 떠오르는 금빛 찬란한 수평선과 푸른 바다가 아름답게 펼쳐지는 곳이다. 어딜 가나 북소리와 나팔소리. 축제 준비로 들뜬 그곳 사람들은 서서히 사육제의 광기에 젖는다. 전차기사인 오르페(오르페우스)는 카니발에서 퍼레이드카의 주인공인 태양왕 역할을 맡은 배우이기도 하다.

리우 카니발을 방문한 유리디스(에우리디케)는 우연히 오르페가 운전하는 전차에 탄다. 운명적 첫 만남이다. 오르페에게는 약혼녀 미라가 있지만, 미라는 그를 구속하려 한다. 약속 서류를 등록하는 서기는 미라와 동행한 오르페에게 "당신이 오르페라면, 약혼녀의 이름은 유리디스이겠군"이라고 묻는다. 미라가 오르페의 짝으로 어울리느냐는 반문이다.

월급을 받은 오르페는 전당포에 저당 잡힌 기타를 되찾는다. 신화의 오르페가 부활하는 순간이다. 운명은 또다시 오르페와 유리디스를 엮는다. 유리디스의 거처는 오르페의 이웃인 사촌 세라피나의 집이다. 기타를 든 오르페는 동네 꼬마 두 명에게 이 영화 주제가인 〈카니발의 아침〉을 감미롭게 들려준다. 건너편 벽에서 엿듣던 유리디스는 오르페의 연주와 노래에 맞추어 혼자 춤을 춘다. 신화 속 에우리디케처럼 유리디스는 오르페의 노래에 영혼을 빼앗긴다. 오르페가 '유리디스'라는 이름을 확인한 순간, 그들은 운명적 연인과 만났음을 직감한다.

영화감독이 얼마나 오리진을 의식했는가는 등장인물의 이름에서 고스란히 드러난다. 전차에서 오르페와 유리디스의 만남을 이어주고, 살아 있는 오르페와 죽은 유리디스를 연결시키는 오르페의 직장상사 이름이 헤르메스다. 그리스 신화에서 헤르메스는 제우스의 명을 받아 수시로 이승과 저승을 오르내리는 전령신이다. 오르페우스 신화에서도 오르페우스를 저승으로 안내하고, 오르페우스가 에우리디케를 지상에 데려올 권리를 상실했을 때 그녀를 다시 저승으로 안내한 장본인이 헤르메스였음을 알고 있다면 〈지옥의 오르페〉를 훨씬 흥미롭게 볼 수 있다.

오르페가 주술로 유리디스의 영혼을 불러내는 무당집에 갔을 때, 그곳을 지키는 개의 이름이 케르베(케르베로스)다. 머리 세 개 달린 지옥의 개, 케르베로스가 소환된 것이다. 오르페우스 신화에서 스틱스강을 지키는 저승의 뱃사공 카론과 케르베로스는 오르페우스의 연주를 듣고 감동해 강을 건너주었다고 한다.

지옥왕 하데스는 〈흑인 오르페〉에서 해골 복장으로 유리디스를 따라다니는 '죽음의 신'으로 변용된다. 유리디스는 죽음의 신에게 쫓기다가 죽는다. 사망한 유리디스를 병원 영안실로 데려다 놓은 것도 죽음의 신이다.

결국 신화처럼 유리디스는 죽는다. 연인의 시신을 안은 오르페는 〈카니발의 아침〉을 부르며 희망과 행복을 노래하던 언덕에서 분노에 사로잡힌 전 약혼녀 미라의 돌에 맞아 떨어진다. 그러나 〈흑인 오르페〉를 처절한 비극으로만 볼 수 없다. 죽은 오르페가 남긴 기타는 두 동네 꼬마의 손에 들어간다. 태양은 다시 뜨고, 두 꼬마와 여자아이 하나가 오르페오의 노래를 한다. 오르페와 유리디스의 못다 이룬 사랑은 새로운 세대에게서 꽃필 것임을 암시한다.

오르페우스, 러시아 혁명의 소용돌이에 휘말리다

오르페우스와 에우리디케의 사랑 이야기는 만화 〈오르페우스의 창〉(1975)에서 1904년 독일 레겐스부르크의 음악학교로 옮겨진다. 레겐강과 도나우강이 합쳐지며 사방 1마일(1.6킬로미터)이 고대 로마의 성벽에 둘러싸인 유서 깊은 고대 도시. 이곳에 오르페우스 이야기의 새로운 무대를 꾸민 이는 일본 만화가 이케다 리요코다.

〈오르페우스의 창〉의 세계관은 철저히 오르페우스 신화를 따른다. 음악학교 건물의 창에서 눈이 마주친 남녀는 반드시 연인이 되며, 그 사랑은 비극으로 끝난다는 전설이 이 학교에 떠돈다. 오르페우스의 창에서 마주친 여주인공 유리우스와 남주인공 클라우스는 연인이 되고, 결국 러시아 혁명에 뛰어든 클라우스는 유리우스의 눈앞에서 총에 맞아 네바강에 가라앉는다.

영원한 사랑의 가능성 여부를 떠나 오르페우스 신화는 그러한 사랑을 꿈꾸는 모든 이의 가슴속에 별자리처럼 영원히 남게 됐다. 영원한 사랑이 불가능에 가까울수록 죽음으로 영생을 얻은 고대의 연인은 시공간을 초월해 더 선명하게 반짝일 것이다.

허풍,
유희의 미학

　수십 년 만의 기록적 한파가 몰아친 직후인 1월 어느 날. 거리에 부슬비가 흩뿌렸다. 나는 출근길에 만난 지인에게 "날씨가 풀렸네요"라는 인사를 건넸다. 평소 무뚝뚝한 이미지였던 그가 "여름이에요, 여름!"이라며 씩 웃었다. 그 말에 나는 박장대소했다.

　일상에서 흔히 만나는 과장이다. "봄이에요, 봄!"이라고 말했다면 미소로 족했을 것이다. 살벌한 동장군 퇴장 후 사나흘 만에 "여름"이라니. 화자의 이야기가 청자에게 격한 웃음을 유발한다면 단순한 과장을 넘어 허풍에 가깝다고 할 수 있다.

　영어 단어 '블러핑bluffing'(게임에서 자신의 패가 좋지 않을 때 상대를 속이기 위해 허풍을 떠는 전략)에 해당하는 허풍은 이야기의 본질을 환기시킨다. 모든 이야기는 화자의 주관이

개입되어 있으며 완벽한 객관성을 담보하지 못한다. 과장 화법의 일종인 허풍은 거짓과 유희를 내포한다. 특히 우리는 모험담에서 어느 정도 이국적 상상력과 즐거움을 찾기를 원하는데, 그것을 충족시켜주는 것이 허풍이다. 사실관계로만 보면 거짓말이지만 청자를 속여 피해 입히려는 의도가 없는 허풍이라면 문제 될 것 없다. 오히려 청자에게 즐거움을 주는 허풍쟁이는 유희의 미학을 아는 이야기의 장인이라 할 수 있다. 허풍은 이야기를 졸깃하게 빚어내는 효모나 다름없다. 그러한 허풍의 대명사는 1785년 출간된 소설 『허풍선이 남작의 모험』의 주인공 뮌히하우젠 남작이다. 소설 속에서 99개 나라 언어를 구사하고, 대포알을 타고 하늘을 날며, 달나라까지 갔다 왔다고 태연하게 주장하는 허풍선이 남작을 능가할 인물이 있을까? 이야기의 진실성은 논외로 하고, 뮌히하우젠의 모험담은 귀스타브 도레 등 유명 작가들의 삽화까지 더해져 수많은 예술가, 작가, 독자의 상상력을 즐겁게 자극해왔다.

보이지 않는 손들의 집단 창작

허풍에 관한 한 소설 『허풍선이 남작의 모험』은 대마왕급이다. 이 주체할 수 없는 허풍을 3단계(처음에는 호기심, 중간에는 '어디까지 가나?' 싶은 황당함, 마지막에는 '당신이 이겼다!'라는 해탈의 경지)로 따라가게 된다. 독자의 정신 상태가 어느 단계에 있든 남작의 이야기는 웃음을 터트리게 한다.

『허풍선이 남작의 모험』은 후대에 수많은 영감을 줬음에도 불구하고 오리진이 아니다. 허풍의 오리진은 18세기 실존 인물 뮌히하우젠(1720~1797) 남작이다. 1720년 독일 보덴베르더에서 태어난 그는 오스만투르크(지금의 터키)를 상대로 한 러시아의 전쟁에 장교로 참전했고, 1760년 시골 영지로 귀향해 군인, 모험가, 사냥꾼 등의 특이한 경험을 들려주는 이야기꾼으로서의 삶을 살았다. 그의 이야기는 꽤 인기가 있어 퍼지기 시작했다.

당시 그의 이야기는 더 못 말리는 이야기꾼을 만나는 행운을 얻었다. 우리가 총 34장의 판본으로 접하는 『허풍선이 남작의 모험』의 저자는 학자에서 모험가, 사기꾼까지 파란만장한 삶을 산 독일인 루돌프 에리히 라스페(1737~1794)로 알려져 있다. 영국왕립학회의 회원이던 그는 1775년 독일 카셀에서 은화 2000개를 빼돌리다 들통나는 바람에 영국으로 탈출했고, 생계를 위해 젊은 시절 만난 적이 있는 뮌히하우젠 남작의 이야기를 모아 『허풍선이 남작의 모험』을 출간했다. 그러나 이 책은 나관중 개인의 저작이 아니라고 평가받는 『삼국지연의』와 같은 신세다. 라스페의 저작을 바탕으로 고트프리드 뷔르거의 또 다른 판본, 출판업자들의 원고 가필 등이 중첩된 결과물이라는 시각이 우세하다. 이 작품의 에피소드 구조는 '보이지 않는 손'들이 이야기를 첨삭하기에 적합한 형식이다. 윤색이 자유로웠던 점은 이야기를 더 극적으로 바꾸고 허풍의 완성도를 높이는 데 일조했을 것이다. 그 결과 허풍이 유희의 미학을 갖춘 서사로까지 발전할 수 있었다. 역시 집단 창작의 완성체인 『삼국지연의』 에피소드의 상당수가 사실과 동떨어진 허풍인 것처럼.

믿는 자에게 복이 있나니

『허풍선이 남작의 모험』에서 허풍의 유희성은 화자의 뻔뻔함에 바탕을 둔다. 일인칭으로 진술하는 화자 뮌히하우젠 남작은 텍스트에서 시종일관 자신의 이야기가 사실임을 강조한다. 화자는 '믿지 않을 거면 듣지도 말라'는 식의 다소 신경질적인 협박과 부탁을 늘어놓다가 21장 도입부에서 그것을 강하게 못 박는다.

"지금까지 내가 이야기한 모든 것은 절대적인 진실입니다. 이를 부인할 만큼 뻔뻔한 누군가가 있다면, 나는 언제든 그가 택한 무기를 가지고 결투해 줄 준비가 되어 있습니다."

화자는 자신의 이야기를 믿지 않는 자는 "뻔뻔하다"고 몰아세운다. 그러다가 그것만으로는 충분치 않았는지 화자에 대한 경의를 들먹인다.

"내 벗과 동료들이여, 내가 말한 내용을 신뢰하고서 이 뮌히하우젠의 이야기에 경의를 표하시오. 여행자라면 마땅히 원하는 대로 자신의 모험을 아름답게 다듬어 이야기할 권리가 있는데, 그에 합당한 경의와 갈채를 보내지 않는다면 무례한 일이라오."

특히 "여행자라면 마땅히 원하는 대로 자신의 모험을 아름답게 다듬어 이야기할 권리"라는 선언은 허풍을 위한 권리장전처럼 들린다.

화자는 자신의 표현대로 "(자신이 위대하기로는) 알렉산더 대왕을 능가하는" 뻔뻔함으로 이야기를 끌고 간다. 화자는 자신의 위대함을 입증하기 위해 수많은 유명인사와 역사적 인물을 소환한다. 로시난테에 올라탄 철갑기사 돈키호테는 뮌히하우젠 남작이 괴물들로 구성한 군대를 이끌고 진군할 때 그 앞을 가로막는다. 그러자 뮌히하우젠 군의 좌장 격인 신화의 괴물 스핑크스가 "무엄한 녀석! 철갑으로 무장했다고 감히 나의 갈 길을 방해하고, 위대하신 뮌히하우젠 님을 멈추게 한단 말이냐"라고 호통을 친다. 돈키호테는 1만 마리 개구리 떼의 습격을 받고 패퇴해 황망히 사라진다. 이 에피소드를 되짚어 보면, 돈키호테는 스핑크스의 입을 통해 뮌히하우젠의 위대함을 확인하는 장치 정도로 사용된 것이다.

허풍의 절정은 그리스 신화에 등장하는 대장장이 신 불카누스와 그의 아내 비너스를 소환한 에트나 화산 모험 에피소드다. 비너스와 친밀한 뮌히하우젠은 불카누스의 질투로 에트나 화산에서 추락해 지구 반대편의 남태평양으로 솟아 나온다. 이 역시 뮌히하우젠이 어딜 가나 '고매한 여성'에게 사랑받는다는 것을 자랑하기 위한 에피소드다. 결국 뻔뻔함이 작가의 고유한 스타일을 결정하는 요소가 되고 말았다.

허풍에 다른 불순물이나 의도가 끼어든다면 유희의 순수성을 인정받기 어렵다. 『허풍선이 남작의 모험』 마지막 장에서 뮌히하우젠은 볼테르, 루소를 신봉하는 프랑스혁명의 시민 세력을 제압하고 프랑스 왕비인 마리 앙투아네트를 구해낸다. 심지어 "루소와 볼테르, 바알세불(『성경』에 등장하는 이단 신의 우두머리)이 끔찍한 혼령의 모습으로 나타났다"고 개탄한다. 이 사건만 보면 남작은 앙시앵 레짐(구체제)의 수호자처럼 보인다. 그러나 이런 상황에서도 프랑스 왕은 양갈비를 뜯느라 도망도 못 가는 아둔한 모습으로 묘사된다. 구체제의 몰락에 대해 남작은 나름 균형 잡힌 시선을 유지한다.

예술은 진실을 깨닫게 해주는 거짓말

구전에서 비롯된 『허풍선이 남작의 모험』은 태생적으로 어느 정도 자유로운 윤색이 보장된 텍스트다. 이런 점이 후대의 변주들에게 매력으로 다가왔던 것은 분명해 보인다. 1956년 월간 만화잡지 《만화세계》에 연재된 임수의 만화 『거짓말 박사』는 만화책 표지에 "뮨히 하우젠 원작"이라고 표기하고 이야기를 풀어나갔다. 노인이 된 뮌히하우젠이 재미난 이야기를 기대하고 찾아온 동네 아이들에게 과거 모험담을 들려주는 형식이다. 당시 문학에서도 허풍선이 남작이 거의 소개되지 않은 상황에서 만화 각색은 새로운 시도였다.

만화에서 윤색은 더 자유로웠다. 에피소드를 담은 장章은 원작과 달리 만화가 임수가 정한 순서대로 구성했다. 만화 속 화자는 개성이 더 강해져서 간간이 만화가 임수를 흉보거나 만화세계를 홍보하기도 한다. 9장 '빠다(버터)로 된 섬' 편은 소설 원작 '치즈로 된 섬'의 윤색인데, 이 섬의 주민들은 뿔 달린 거인이고 이곳을 둘러싼 자연은 치즈와 포도주다. 냇물을 마시던 뮌히하우젠 일행은 독자에게 이야기의 허구성을 환기시키며 소설 원작자가 아닌 만화가 임수를 흉본다. 너무 뻥을 지나치게 친 것 아니냐는 만화 캐릭터들의 항의다.

"온 세상에 냇물이 포도주라니, 이건 아무리 제목이 거짓말 박사지만 너무한데. 임수라는 자식도 어지간하게 그려놨어. 하여튼 마시자."

자유로운 윤색 과정을 거친 임수의 『거짓말 박사』는 전 세계에서 유일한 '한국판 허풍선이 남작의 모험'으로 거듭나게 됐다. 그리고 임수는 제목에서 '허풍'을 '거짓말'로 과감하게 고쳤다. 상상 속 허구를 표현하는 데 있어 거짓말이라는 단어가 더 적절하다고 생각한 듯싶다. 『사피엔스』의 저자 유발 하라리가 지구상에 유일하게 남은 현생인류인 사피엔스가 단시간에 먹이사슬 꼭대기에 오를 수 있었던 비결로 특별한 언어 능력인 거짓말을 든 것을 보면, 만화가 임수는 시대를 앞서간 듯하다.

덴마크 작가 요른 릴의 소설 『북극 허풍담』(1974)도 폭넓은 의미에서 『허풍선이 남작의 모험』의 변주로 주목할 만하다. '허풍담'이라는 새로운 문학 장르를 대변하는 이 소설은 문명을 등진 채 그린란드 북동부에서 살아가는 괴짜 사냥꾼들의 에피소드로 구성됐다. 에피소드 속 사건은 허풍선이 남작처럼 말도 안 되게 뻥 튀겨지지는 않지만, 그린란드라는 얼음 땅이 선사하는 유일무이한 배경 때문에 그 밖의 지역에서는 경험할 수 없는 것들이다. 그린란드 지역 외의 청자가 들으면 허풍이라고 생각할 법한 사건들이다. 그것을 담담하게 들려주기만 해도 독특한 허풍이 된다.

북극 입담꾼들에게도 허풍은 전가의 보도다. 여성을 구경할 수 없는 그린란드에서 성욕을 억제하기 위해 하의를 모두 벗고 거센 남동풍을 향해 뛰어다니는 동료를 그린란드의 대표 입담꾼 밸프레는 "어찌나 빨리 달리던지 희끄무레한 어둠 속에서 녀석을 눈으로 좇기가 힘들더군"이라고 묘사한다. 굉장히 슬픈 상황을 담담하면서 코믹하게 그려내는 허풍의 재능이다.

이야기는 개개인을 연결하며 집단을 이루도록 하는 강력한 무기다. 허풍은 그 이야기의 청자들을 하나의 공감대로 묶어주는 강한 힘이 있다.

그래서 예술의 본질에 가장 가까이 있는지도 모른다. "예술은 진실을 깨닫게 해주는 거짓말이다"라는 파블로 피카소의 말을 기억할 필요가 있다.

하여 허풍, 거짓말도 맛깔스럽게 하면 예술이다.

기사도의
수호자

그(돈키호테)의 행동이 세상에서 제일 미친놈의 짓이면서도 어찌나 말을 빈틈없이 해 대는지 그의 미친 행동을 그냥 미쳤다고만 볼 수 없다는 것이다.

편력 기사 돈키호테가 세 번째 모험 길에 조우한 시골 귀족 돈 디에고가 아들 돈 로렌스에게 전한 말이다. 돈키호테가 단순히 미친 인물이었다면 오늘날까지 그 명성은 전해지지 않으리라. 희극적 광기 속에서 비극적 진실, 인간의 도리, 불굴의 이상을 드러내는 돈키호테의 매력에 반한 돈 디에고는 그를 자신의 집에 초대해 융숭하게 대접한다.

"연인이나 광인은 뇌 속이 들끓어. 이성으론 납득 못 할 생각들을 꿈꾼다오. 연인, 시인, 광인은 머릿속이 상상으로 가득차 있소"라는 셰익스피어의 『한여름밤의꿈』 속 문장에 가장 어울리는 인물이 돈키호테다. "제 소망은 이미 죽어버린 기사도를 부활시키는 데 있습니다"라는 일념 하나로 고난의 길을 나선 그는 자신에게 두 가지 칭호, 즉 '슬픈 얼굴의 기사'(언어맞아 어금니가 빠진 돈키호테를 보며 산초가 만든 표현)와 '사자의 기사'(풀려난 사자를 우리로 돌아가게 한 승리를 기념)를 부여했다. 각각 처량함과 용맹함을 나타내는 이 칭호들은 돈키호테의 양면이었다. 화려한 궁정 기사를 목표로 삼지 않고 무명의 편력 기사를 선택했다는 점에서 기사 세계의 아웃사이더임에도 불구하고, 돈키호테는 자신이 모델로 삼은 전설적 기사 아마디스 데 가울라를 뛰어넘어 기사도의 수호자를 대표하게 되었다.

미겔 데 세르반테스가 중세 기사소설들을 패러디하기 위해 쓴 소설 『돈키호테』(전편 1605, 후편 1616)는 그 자체가 오리진이다. 수많은 기사소설 중에서도 돈키호테와 닮은 캐릭터는 존재하지 않기 때문이다. 『돈키호테』의 변주는 희극적 광기와 비극적 진실이라는 두 개의 큰 축 사이에서 움직이며, 작가 세르반테스의 다사다난한 이력(군인, 해적의 포로, 세금징수원 등)과 돈키호테라는 종잡기 어려운 캐릭터를 변수로 삼는다. 슬픈 얼굴의 기사처럼 못된 마법사들을 줄줄 달고 다니는(마법사들끼리 순번을 뽑아야 할 정도다) 이를 본 적이 있던가.

세르반테스가 황당무계함으로 인기를 끄는 기사소설들을 "타도"하기 위해 『돈키호테』를 집필한 것은 잘 알려진 사실이다. 그러나 기사도 자체를 부정한 것은 아니다. 도리어 세르반테스가 기사도 정신에 대해 높이 평가하고 있음은 『돈키호테』를 통해 드러난다. 돈키호테는 여관집 주인에게 편력 기사의 본업을 일장 연설한다.

"저의 본업이 본래 힘없는 자를 도와주고, 억울하게 당한 자들의 원수를 갚아 주고, 의롭지 못한 자들을 벌주는 것이외다."

돈키호테에 따르면 기사도가 현실로 구현되었던 시절도 있었다. 그는 그때를 '황금시대'라고 부른다. "그 거룩한 시절(황금시대)에는 모든 것이 공유물이었지요. (…) 정의는 그 영역 내에 딱 버티고 있어서 이해타산이 있는 자가 오늘날처럼 더럽히고 흐트러뜨리고 박해하는 따위의 짓은 감히 저지를 생각도 못 하였소"라는 것이 돈키호테의 주장이다. 역으로 말하면 기사도는 타락했다. 따라서 시대는 기사도를 실행하고 부활시킬 돈키호테와 같은 편력 기사를 부르고 있는 것이다. 세르반테스가 『돈키호테』를 쓴 시기에 신무기의 발달로 기사는 몰락했고 쓸모없어졌지만 말이다.

돈키호테는 궁정의 삶을 다룬 산더미 같은 기사소설들을

읽었음에도 궁정 기사에 대해 일말의 미련을 갖지 않았다. 궁정은 권력, 음모와 배신이 판치는 곳임을 누구보다 잘 알았다. 궁정에서는 왕의 눈 밖에 나면 생명이 위태로웠다. 아키텐의 공녀 엘레오노르를 아내로 둔 잉글랜드의 헨리 2세(재위 1154~1189)는 한 궁정 신하가 경쟁자를 좋게 평하자, 격분한 나머지 침대보를 찢고 밀집으로 엮은 매트리스를 물어뜯었다고 한다. 잉글랜드 헨리 3세(재위 1216~1272) 시절 궁정 기사로서 최고 지위에 오른 '충정의 화신' 윌리엄 마셜은 주변의 시기로 왕의 아내 마거릿과 잤다는 소문에 휩싸였다. 생명의 위협을 느낀 그는 잠시 왕의 성을 떠나야 했다. 이러한 환경이 '닥치고 정의'를 추구하는 돈키호테와 맞을 리 없었다.

그래서 돈키호테가 선택한 모델은 스페인 최초의 기사소설인 『아마디스 데 가울라』(1508)였다. 그런데 이 작품 속 주인공은 슬픈 얼굴의 기사가 도달하기에는 한참 역부족인 너무 완벽한 기사였다. 이르면 13세기 말 포르투갈어로 쓰인 것으로 추정되는 『아마디스 데 가울라』는 1508년 오르도네즈 데 몬탈보가 집대성해 세 권으로 펴낸 작품이었다. 유럽 전역을 휩쓴 당대의 초베스트셀러였으며, 특히 프랑스에서는 기사도 행실의 교본이다시피 했다. 주인공 아마디스는 잘생기고 올곧으며 영민할 뿐 아니라 한번도 패배하지 않은 무적의 기사였다. 사랑에 있어서는 어떠했을까? 그는 잉글랜드 공주 오리아나를 섬겼으며 결혼까지 했다. 무훈과 사랑, 두 마리 토끼를 잡은 영웅이었다.

돈키호테는 아마디스의 행적과 비교하면 모양새가 많이 빠진다. 승리로 치부할 만한 에피소드가 몇 번 있기는 했지만, 그는 주요한 결투들에서 엄청난 봉변을 당하곤 했다. 결국 후편에서 대결에 패한 후 1년 동안 고향 마을 밖으로 나가지 않는다는 약속을 지키다가 죽음을 맞이했다. 숱한 모험에도 불구하고(실제로 둘시네아가 사는 엘 토보소에 찾아가기까지 했으나 대충 일을 마무리 지으려는 산초의 계략으로 좌절) 그가 꿈에서도 잊지 못했던 둘네시아 공주를 알현조차 못 했다.

편력 기사로 나선 시기도 좋지 않았다. 그 유명한 '풍차 거인들과의 대결' 에피소드가 그것을 증명한다. 슬픈 얼굴의 기사를 날려버린 풍차가 유럽에 처음 등장한 것은 1180년경이었다. 암흑기로 치부되지만 중세 유럽은 과학기술, 문화, 경제 등에서 혁신을 꽃피우며 비약적으로 발전하고 있었다. 중세 유럽에 식량 가공의 혁신을 몰고 온 풍차는 파리대학 설립(1150), 프랑스 랑에 고딕 대성당 건축(1160), 「마그나 카르타」 서명(1215) 등과 함께 중요한 기술·사회 문화 발전의 상징이었다. 구시대 기사의 앞길은 이미 신기술, 신문명에 가로막혀 있었다. 이러한 난관을 예감하면서도 돈키호테는 편력 기사의 임무를 포기하지 않았던 것이다.

이발사에게서 뺏은 놋대야를 '맘브리노의 투구'(레이날도스 데 몬탈반이라는 장수가 맘브리노 왕을 죽이고 뺏은 마술에 걸려 있다는 투구)라며 의기양양 뒤집어쓴 돈키호테를 두고 시대마다 해석 차이가 크다. "17세기 당대의 독자들은『돈키호테』를 재미나게 읽을 수 있는 작품으로 보았고, 18세기 합리주의자들은 이상주의를 꿈꾸는 돈키호테의 행동에서 이성이 결여된 바보를 보았다. 그러나 19세기 낭만주의자들은 불완전한 세계에 맞서 고집스럽게 싸우는 고귀한 이상주의자로 평가했고, 마르크스주의자들은 낡아빠진 봉건적 가치에 집착하는 몰락한 귀족을 대표한다고 보았다. 그리고 실존주의자들은 의식적이고 적극적으로 자신의 운명을 개척하는 한 개인의 모습을 보았고, 20세기에 들어서는 소설의 원형을 제시한 이 작품에서 새로운 문학 사조인 포스트모더니즘의 효시를 보았다"라고 권미선 경희대 스페인어학과 교수는 설명한다. 또한 19세기 러시아 문호 투르게네프가 햄릿 유형과 대척점에 있는, "자신의 이상에 헌신하고 하나의 목표를 향해 나아가는" 유형의 대표자로 돈키호테를 제시한 분석이 유명하다.

『돈키호테』의 변주들은 이러한 해석에서 출발한다. 오늘날 가장 인기 있는『돈키호테』의 변주가 뮤지컬 〈맨 오브 라만차〉(1965)임은 부인하기 어렵다. 돈키호테를 소개하는 방식의 독창성은 이 작품을 따라갈 만한 것이 없다. 무대는 어둡고 깊은 스페인의 어느 지하 감옥. 왼쪽 상단에서 녹슨 쇠문이 열리는 소리와 함께 햇빛이 쏟아지며 한 사람의 죄수, 신성모독죄로 감옥에 끌려온 세르반테스가 들어온다. 그는 이 우울한 지하 감방의 죄수들을 위로하기 위해 그들과 즉흥극을 벌이기로 한다. 극중극 속 주인공 돈키호테는 인간 대접을 받지 못하던 거리의 여자 알돈자에게도 삶의 희망을 불어넣는다. 그는 외친다.

"세상이 미쳐 돌아갈 때 누구를 미치광이라 부를 수 있겠소?/ (…) 너무 똑바른 정신을 가진 것이 미친 짓이오!/ 그중에서도 가장 미친 짓은 현실에 안주하고 꿈을 포기하는 것이라오."

2010년 국내 초연한 연극 빅토리앵 사르두의 〈돈키호테〉도 〈맨 오브 라만차〉와 마찬가지로 신념, 사랑, 꿈, 정의를 추구하는 기사의 면모를 강조했다. 극 중 슬픈 얼굴의 기사의 마지막 한 마디. "가자, 정의를 위해!"

돈키호테가 사랑의 기사로 나서는 해석은 매력적이다. 루드비히 밍쿠스 음악, 마리우스 프티파 안무의 발레극 〈돈키호테〉(1869)는 소설 2부 젊은 연인의 이야기를 주축으로 삼는다. 가난한 이발사 바질, 아버지의 반대를 무릅쓰고 연애를 하는 키트리의 사랑 춤은 밀당 발레의 진수다. 돈키호테는 젊은 연인의 사랑을 이루어주는 역할을 자처하며 그들을 방해하는 부유한 귀족 구혼자를 물리친다.

슬픈 얼굴의 기사가 없는 세상도 상상해봄 직하다. 일본 극작가 베쓰야쿠 미노루의 연극 〈세상을 편력하는 두 기사 이야기〉(1987)가 그러하다. 늙은 두 편력 기사는 나무 한 그루밖에 없는 황야에 마주 앉아 익살꾼 같은 영웅 돈키호테가 사라진 세상을 씁쓸해한다.

아류는 불쏘시개로

아무리 미화한다고 해도 돈키호테가 편집증적 기질이 다분하다는 사실은 부인할 수 없다. 기사소설에 대한 열광과 몰입이 편집증 단계에 이르고 있다. "(서재 안에) 백 권이 넘는 큰 책들과 소책자들이 높이 쌓여 있었는데" 조카는 삼촌의 정신을 빼앗고 있는 기사소설들을 화형에 처하려 한다. 기사소설 수집가이자 애독자인 돈키호테는 시쳇말로 '장르문학의 수호자'다.

소설 『돈키호테』는 팬덤문화의 정수를 보여준다. 오늘날의 웹툰, 웹소설, 게임 등을 예로 들면, 특정 장르의 애호가들이 형성되고 이들 중 일부는 작가나 제작자, 또 다른 일부는 장르 산업 종사자가 된다. 소수의 성공한 애호가는 다른 애호가들의 주목을 받으며 팬덤을 형성한다. 다양한 소셜미디어가 그것이 더 빨리 이루어지도록 돕는다. 『돈키호테』 속 등장

인물 상당수는 기사소설의 애독자로 드러난다. 문제는 이들이 보통 애독자가 아니라는 점이다. 화형할 책들을 검열하던 신부와 이발사는 『아마디스 데 가울라』의 경우 "예술적 가치 한 가지만"으로도 용서받아 마땅하다고 의견을 모은다. 반면 『아마디스 데 가울라』의 적자, 『에스플란디안의 공훈』, 『그리스의 아마디스』 등 수북이 쌓인 다수의 아마디스 계통은 가차 없이 불길 속에 처넣어야 한다고 주장한다. 원전에 대한 존중과 함께 아류는 불쏘시갯감에 불과하다는 것이다. 이 같은 견해는 골수 애호가가 아니면 갖기 힘든 수준이다.

『아마디스 데 가울라』는 귀족 난봉꾼 돈 페르난도에게 시달리는 여인 루신다의 에피소드에서 다시 소환된다. 루신다 역시 『아마디스 데 가울라』의 열혈 독자라는 사실이 우연히 밝혀지는데, 연인 카르데오니를 배신했다는 오해를 받은 그녀는 끝까지 정절을 지켜냈다. 의로운 여인이 이 소설의 열혈 독자라는 면에서 세르반테스가 이 소설만큼은 긍정적으로 보고 있다는 것이 드러난다.

소설 속에서 돈키호테는 이미 스타 대접을 받는다. 그가 세 번째 모험을 떠나기 직전, 전기 『재치 있는 시골 양반 돈키호테 데 라만차』가 출간되어 그를 만나보지도 못한 기사소설 애독자들이 돈키호테의 모험 이야기를 이미 알고 있다. 출간 부수는 무려 3만 부. 팬덤이 일상화된 현대사회에서 돈키호테는 팬덤의 원조로 해석됨 직도 하다.

모래알로
회귀

큰 나무 아래 그늘에 가려진 작은 민들레도 햇살 한 가닥 받으려고 몸부림치며 몸의 각도를 뒤튼다. 모든 생명체를 지배하는 것은 "내가 사는 것"이라는 생명(생존) 본능이다.

영국 경험철학자 토마스 홉스(1588~1679)는 이를 저서 『리바이어던』(1651)에서 '만인에 대한 만인의 투쟁'이라는 용어로 규정했다. 세익스피어의 비극〈리어왕〉(1608)에서 리어왕의 등에 배반의 비수를 꽂은 자가 누구였던가. 그가 그토록 사랑하고 자랑스러워한 두 딸이었다.〈리처드 3세〉(1594)에서 조카인 에드워드 5세 형제를 런던탑에 가두고 제거한 흉수는 누구였던가. 삼촌인 리처드 3세였다. 남보다 못한 가족 이야기는 동서고금에 셀 수 없을 정도다. 경험철학에 입각한 홉스의 관점은 인간사의 불편한 진실을 회피하지 않음으로써 보편성을 얻는다.

홉스에 따르면 자연 상태의 인간 사회는 '만인 대 만인의 전쟁터'이다. 나 이외의 타자로부터 자원 약탈, 권력 투쟁이 일상적일 수밖에 없는 자연 상태의 전쟁터에서 온전할 수 있는 자가 어디 있을까. 무질서한 집단을 지배하는 단 하나의 원리는 폭력이다. 따라서 개인의 이익을 보호하는 최고의 선택은 국가라는 것이 홉스의 생각이다. 국민은 자신의 이익과 명예를 지키기 위해 국가라는 울타리 안에서 한 덩어리가 되어야 한다. 자연 상태의 인간은 모래알에 불과하며, 모래알들이 적당하게 젖어 있도록 하는 것이 국가의 의무다. 역설적으로 개인을 지키기 위해서는 절대적인 주권을 가진 국가 체제가 불가피하다는 것이다.

국가나 사회가 본연의 임무를 망각하거나 망조가 들면, 개인은 각자도생의 상황에 내던져진다. 제각기 살길을 도모해야 하는 것. 사실상 국가, 사회, 가족, 친구 등에게도 의지할 수 없는 살벌한 서바이벌이 펼쳐진다. 현대사회가 점차 개인화될수록 각자도생이라는 용어가 우리의 삶을 무겁게 내리누른다.

넷플릭스 드라마 〈오징어 게임〉(2021)이 세계적 신드롬을 일으킨 것은 만인에 대한 만인의 투쟁, 각자도생이 세계 각국에서 보편성을 얻는 슬픈 현실을 가리킨다. 일본에서 '데스게임'이라는 장르의 틀을 형성한 만화 『도박묵시록 카이지』

(1996), 『배틀 로얄』(2000), 영화 〈신이 말하는 대로〉(2014) 등과 서구 판타지로 등장한 소설 『헝거 게임』(2008) 등이 〈오징어 게임〉의 탄생에 절대적으로 기여했다는 점은 기억할 만하다. 수많은 데스게임류의 오리진을 찾아 올라가면 고립된 공간 속에서 인간 본성에 내재한 악을 들여다본 윌리엄 골딩의 소설 『파리대왕』(1954)에 이른다.

새끼돼지의 이름은 무엇?

『파리대왕』 이전에도 섬에 표류한 인간들의 생존투쟁기는 『로빈슨 크루소』를 비롯하여 여럿 있었다. 섬에 고립된 인간은 인정사정없이 거친 자연과 질펀하게 싸웠다. 그런데 『파리대왕』에서 광포한 자연보다 더 무서운 것은 자연도 맹수도 유령도 아닌 인간이다. 핵전쟁 시대에 태평양 어느 섬에 추락한 아이들이 생존 투쟁을 벌이는 대상은 같은 비행기에서 살아남은 친구들이다.

어른 하나 없이 아이들만 살아남은 무인도는 인간의 잔혹한 본성을 드러내는 최적의 공간이다. 첫발을 디딘 순간부터 문명사회에서 자란 아이들은 제어되지 않은 권력 본능, 폭력성을 발휘한다. 작가는 냉정하게도 그 폭력의 가장 큰 피해자를 처음부터 끝까지 "새끼돼지"라는 악의적 별명으로 부른다. 그의 본명은 비참하게 죽는 순간까지 누구의 입을 통해서도 공개되지 않는다.

　새끼돼지는 수십 명의 아이 중 연장자에 속하며 가장 뛰어난 사고력을 지녔다. 그의 약점이라면 뚱보라는 것, 지독한 근시여서 안경을 쓴다는 것, 천식을 앓고 있다는 것이다. 장단점이 분명한데 그를 처음 만난 주인공 랠프는 그의 별명을 듣자마자 새끼돼지라 불러버린다. 새끼돼지는 자신의 본명을 수시로 밝히려 하나 랠프는 기회조차 주지 않는다. 꼬맹이들에게까지 그 별명을 알린 이 역시 가장 상식적인 인물로 그려진 랠프다. 생존자 전원이 참석한 첫 회의에서도 랠프는 그를 새끼돼지라고 소개한다. 상대에게 고의로 악의적 별명을 붙이는 것은 언어폭력에 해당한다. 랠프가 이 같은 행위를 시작한 것은 신체적 약점이 노출된 새끼돼지를 바보로 만들어 자신의 통제하에 두려는 심리에서 비롯된다. 새끼돼지의 지적 능력이 부각되면 대장 자리는 그에게 넘어갈 수도 있다. 결국 새끼돼지는 랠프의 반대파인 빨간머리 잭 일당에 의해 랠프의 부하로 규정되어 미움을 산다.

　권력은 먼저 잡는 자의 것임을 간파한 랠프는 큰 고동을 울리는 소라를 획득해 아이들 무리의 대장이 된다. 그러나 랠프에게는 무리를 이끌어갈 만한 사고력이 부족하다. 불을 피운다거나, 오두막을 짓는다거나, 봉화를 가까운 데 설치한다거나 하는 핵심 아이디어는 새끼돼지의 의견을 슬쩍 빌린 것이다. 랠프는 새끼돼지의 능력을 정확히 평가한다.

대장의 자리를 쳐다보며 그(랠프)는 속으로 생각했다. 문제는 내가 생각할 줄 모른다는 것이다. 새끼돼지처럼 생각을 할 능력이 없다고 그는 생각했다.

게다가 새끼돼지는 아이들 중 유일하게 불을 피울 수 있는 능력을 가지고 있다. 자신이 쓴 안경으로 햇볕을 모아 필요할 때마다 불을 붙인다. 새끼돼지의 실용적 가치는 어마어마하다. 새끼돼지는 아이들 무리의 대장이 될 잠재적 후보이면서도 정치력이 부족해 '왕따'가 되었을 뿐이다. 랠프의 라이벌이자 잔인한 사냥꾼인 잭은 새끼돼지에게 물리적 폭력을 가한다. 그의 안경 한쪽 알을 깨는 것으로 모자라 안경을 훔친다. 새끼돼지는 광기에 사로잡힌 잭 일당이 굴린 바위에 깔려 뇌수가 터진다. 랠프를 직접 죽이는 것보다는 그 부하인 새끼돼지를 제거함으로써 라이벌을 고립시키는 전략이다.

랠프는 봉화를 피우고 오두막을 짓는 것이, 잭은 멧돼지를 사냥해 배를 채우는 것이 우선이라고 주장하며 리더의 자리를 놓고 사사건건 대립한다. 당장 배고픈 아이들은 잭에 호응한다. 잭은 봉화를 피워 지나가는 배에 의해 구조되는 것에는 관심이 없고, 창을 깎고 색색의 진흙을 바르며 아이들을 살육 전사로 육성한다. "색칠을 하고 꽃다발로 치장한 잭이 우상처럼 그곳에 앉아 있었다"라는 문구는 날마다 고기 파티를 벌여 우상이 된 잭의 위상을 드러낸다. 랠프는 이성을 찾으라며 소리친다.

"법을 지키고 구조되는 것과 사냥이나 하며 모든 것을 파괴하는 것 중에 어느 편이 좋으냔 말이야?"

권력 투쟁에서 패해 외톨이가 된 랠프는 자신의 편이었다가 잭 일당에게 잡힌 쌍둥이 형제에게 탈출을 설득한다. 도리어 쌍둥이 형제는 랠프에게 도망을 권유한다.

"랠프, 내 말을 들어 봐. 분별력 같은 건 잊어버려. 그런 건 이미 사라진 지 오래야."

대세는 기울었다. 쌍둥이 형제도 각자도생의 길을 찾은 것이다. 두 명의 소년이 살해당한 후 아이들은 랠프를 사냥감으로 정하고 창을 던진다. 분별력이 실종된 이 섬에서 비둘기파 랠프의 복권은 좌절된다.

그렇다 해도 돈이 갖고 싶다

『파리대왕』의 약육강식 코드는 '약자는 죽는 것이 당연하다'는 사무라이 논리를 가진 일본으로 흘러들어 보다 극단적인 형태로 손질된다. 후쿠모토 노부유키의 만화 『도박묵시록 카이지』에 이어 등장한 만화『배틀 로얄』은 '배틀 로얄'이라는 단어를 데스게임류의 대명사로 유행시키기까지 한다. 〈오징어 게임〉은 두 만화에『헝거 게임』,〈신이 말하는 대로〉를 창의적으로 혼합한 듯 보인다. 따라서 네 작품 중 어느 한 작품을 콕 집어 베꼈다고 표현하기에는 무리가 있다.

일본의 데스게임류 변주들이『파리대왕』에 없었는데 집어넣은 중요한 포인트가 있다. 누구도 믿어서는 안 된다는 가르침이다. 친절한 얼굴, 동맹의 제안 등에 현혹되어서는 살아남을 수 없다는 혹독한 각자도생의 철학이다.『도박묵시록 카이지』의 주인공 카이지,『배틀 로얄』의 주인공 슈야는 동료의 배반을 통해 독종으로 진화한다.

데스게임류 변주들은 만인에 대한 만인의 투쟁 구도를 가장 뚜렷한 형태로 형상화한다. 마땅한 직장도 없이 술과 도박으로 인생을 허비하던 20대 초반의 청춘 카이지는 편의점 동료에게 보증을 섰던 채무 때문에 도박선을 타게 된다. 아이러니컬하게도 '희망'이라는 이름의 지옥선 앞에서 주저하는 카이지에게 다가온 안내원은 자상하게 설명한다.

"이 배는 누군가를 함정에 빠뜨리려는 나쁜 의도는 전혀 없어. 오히려 반대로… 젊은이들의 구제가 이 배를 만든 목적이야."

악마는 친절이라는 가면을 쓰고 찾아오는가. 배를 탄 후에야 구제는 새빨간 거짓말임을 알게 된다. 카이지처럼 인생 막장에 이른 자들이 배에서 돈과 생명을 담보로 온갖 도박을 벌이고, VVIP들은 이 모습을 지켜보며 즐거움을 얻는 지옥도가 펼쳐진다. 그곳에선 생존을 위한 온갖 개똥철학이 난무하지만 핵심은 하나, "무조건 이기는" 것이다. 카이지는 배에서 내린 후에도 "그렇다 해도 돈이 갖고 싶다!"며 자기 발로 다시 죽음의 도박장을 찾아간다. 동명의 영화(2010)에서는 카이지가 배 안에서 죽은 동료의 가족에게 돈을 전하고 대도시의 보행자 사이로 숨어드는 열린 결말이지만.

『배틀 로얄』은 특정 중학교의 한 반 전원을 섬에 몰아넣고 한 명만 살게 해주는 국가의 비밀 프로그램을 따라간다. 남녀가 반반. 여자라고 봐주는 것도 없다. 이 실험을 원해서 참가한 자는 없지만, 몇몇은 잔혹한 규칙에 도취되어 스스로를 살인자로 만들어나간다. 이 섬에서 가장 어리석은 짓은 친구를 믿는 것이다.

어느 곳이 더 지옥 같은가

드라마 〈오징어 게임〉은 카이지와 비슷하게 도박 중독에 백수로 살아가는 주인공이 섬에 끌려가 데스게임을 하는 구조다. 456명이 모인 이 게임의 시드머니는 456억 원. 한 명의 목숨이 1억 원의 돈으로 환산되고, 다른 참가자 한 명이 죽을 때마다 저금통에 1억 원이 쌓인다. 참가자들은 중간 투표를 통해 이 게임에서 풀려나지만, 그들이 돌아간 현실 세계는 데스게임의 현장보다 더 비참하다. 〈오징어 게임〉의 주인공 기훈도 눈앞에서 아른거리는 456억 원 때문에 제 발로 데스게임장에 찾아간다. 주최 측이 제시한 놀이에서 한 번만 져도 (사정을 막론하고) 무조건 사형이 집행된다는 설정은 상상할 수 있는 한 최대로 끔찍하다. 가면을 쓴 채 모니터를 보며 아비규환을 즐기는 VVIP들의 존재도 낯설지 않다.

『배틀 로얄』처럼 참가자들은 점점 서로를 믿지 못하게 된다. 기훈이 몇몇과 동맹을 맺고 바리케이드를 쌓자, 악귀 같은 덕수는 "저 쓰레기 같은 놈들을 믿는 거야?"라며 비웃는다. 하지만 기훈도 이미 이곳에서 터득한 교훈이 많다. 그는 "나 같으면 너부터 죽일 거야. 네가 제일 쎈 놈이니까"라고 답한다. 참가 번호 1번 노인 일남이 이 데스게임의 설계자로 밝혀지는데, 그 이유는 "사는 게 재미가 없어서"다. 이 드라마 시나리오가 십몇 년 전에 쓰였는데도 불구하고 여러 번 제작 거부를 당했을 만큼 설정은 극단적이다.

데스게임에 적용된 놀이는 우리가 어린 시절 동네 흙바닥에서 먼지 풀풀 날리며 즐기던 것들이다. 딱지치기, 무궁화꽃이피었습니다, 달고나, 구슬치기, 유리로 만든 징검다리 건너기, 오징어 게임 등. 이는 〈오징어 게임〉이 표절 의혹을 피하고 에미상 6관왕에 오른 바탕이기도 하다.

'만인 대 만인의 전쟁'이라는 주제로부터 두 가지 주제가 가지치기를 한다. 이는 인간의 절제하지 못하는 욕망과 관련이 있다.

첫째는 돈과 권력에 대한 탐욕이다. 왜 인간이라는 종족은 적당히라는 것을 모르는가? 현실에서 우리는 가상화폐, 주식, 부동산 등을 통해 뼈저린 실패를 경험하기도 한다. 더 갖고 싶다는 욕망 때문에 나락으로 떨어지기도 한다. 『도박묵시록 카이지』의 작가 후쿠모토 노부유키는 전작 『은과 금』 (1992)에서 욕망에 사로잡혀 자멸하는 인간 군상을 섬뜩하게 그려낸다. 하루벌이로 살아가던 주인공 모리타가 악덕 사채업자인 은왕 긴조 수하에서 업계 전설로 성장하는 이야기다. 은왕은 수고비 5000만 엔을 포기하면 5억 엔이 든 가방과 빈 가방, 둘 중 하나를 선택하는 기회를 주겠다고 모리타를 테스트하며, 상대를 파멸시키고 모든 것을 빼앗는 핵심 기술을 전수한다.

"모리타, 사람의 허를 찌르게…! 욕망이 포화지점에 달했을 때 사람의 주의력은 맥없이 날아가지…. 그 때를 노려!"

인간의 욕망을 꿰뚫어보게 된 모리타는 결국 스승을 넘어서 금왕에 등극한 후 미련 없이 업계를 떠난다. 반면, 모리타의 부하 카와다와 은왕은 또 다른 먹잇감을 찾아 거악의 길로 발을 내딛는다.

둘째는 초월적 지위에 오른 자가 약자의 생명을 게임화하는 문제다. 그것이 현실에서 형상화된 오리진은 콜로세움에서 찾을 수 있다. 72년 콜로세움을 축조하기 시작한 자는 로마 9대 황제 플라비우스 베스파시아누스(재위 69~79)다. 플라비우스 왕조의 기원이 된 그는 사상 처음으로 황족이나 원로원 가문 출신이 아닌 평민 출신의 로마 황제였다. 새로운 시대의 아우구스투스를 꿈꾼 그는 이전의 황제들보다 더 큰 위엄과 업적을 보여주어야만 했다. 콜로세움을 짓고, 개막 행사로 맹수 사냥 경기를 열어 5000여 마리가 넘는 맹수들을 희생시켰다. 노예들은 검투사로 양성되어 콜로세움에서 값없이 죽어갔다. 황제는 콜로세움의 잔인한 경기에 열광하는 로마 시민들을 보며 미소 지었고, 이는 황제의 권력을 유지하는 수단이 되었다. 이러한 주제는 영화 〈글레디에이터〉(2000)를 비롯해 『도박묵시록 카이지』류에서도 예외 없다. 로마 황제의 자리를 누가 대체하고 있는가. 『도박묵시록 카이지』, 〈오징어 게임〉에는 돈 많은 VVIP가, 〈신이 말하는 대로〉에는 신이, 『배틀 로얄』에는 국가가, 『헝거 게임』에는 독재자가 들어서 있을 뿐이다.

〈오징어 게임〉 같은 데스게임류가 세계적으로 인기를 얻어 변주되고, 그 지위를 공고히 한다는 것은 현실이 점차 각박해진다는 방증이다. "지금에 와서 빛을 본 것은 세상이 이런 내용을 받아들일 수 있을 만큼 살벌하게 변했기 때문"이라는 〈오징어 게임〉 황동혁 감독의 설명이 이를 뒷받침한다. 향후 데스게임류의 변주는 더 자극적일 수밖에 없을 것이다. 목숨값이 얼마간의 금전이나 매물로 매겨져 게임 대상이 되는 무간지옥이 또 우리 주변 어딘가에서 낙엽 밑에 숨은 독버섯처럼 커지고 있는 것은 아닐는지. 모래알로 회귀다.

합리주의자의
후예

    핏줄은 개인을 잉태한 시원始原으로 거슬러 올라가는 일종의 동아줄이다. 그것은 머리 위에 얹은 부모를 비롯해 그 윗대의 조상들을 켜켜이 쌓아 올린 아프리카 조각품 '가족 나무 Familytree'와 닮아 있기도 하다. '나'라는 존재는 수백, 수천 대에 걸친 선조들을 짊어지고 있다. "이 하루는 저 강물의 한 방울이/ 어느 산골짝 옹달샘에 이어져 있고/ 아득한 푸른 바다에 이어져 있듯/ 과거와 미래와 현재가 하나이다"라는 시인 구상의 「오늘」에서 '이 하루'를 '나'로 바꾸어보면 그 실체가 선명해진다. 우리는 카라마조프가의 형제들이 가문의 불온한 혈통 때문에 고통받은 모습을 충분히 보지 않았는가.

    인류의 조상을 이야기할 때, 흔히 등장하는 이름은 카인 Cain이다. 중동인, 유대인 등이 인류의 조상으로 여기는 아담과 하와의 맏아들이다. 하지만 그 이름은 오명에 가깝다. 「창세기」 4장은 카인의 이력을 인류 최초의 범죄자로 소개하고 있으며, 신은 동생을 살해한 카인의 이마에 범죄자의 표식을 남겨놓았기 때문이다. 우리는 영문도 모른 채 카인의 자손이라 하여 태어나면서부터 신에게 원죄를 추궁받는 신세가 되었다. 그렇다고 인간 내면에 카인과 같은 잔인한 측면이 도사리고 있음을 부인하기도 마땅치 않다. 카인과 아벨 사건은 인류가 되풀이해 겪고 있는 골육상쟁의 비극을 단적으로 보여주는 원형이 되었다. 헤르만 헤세의 소설 『데미안』(1919), 존 스타인벡의 소설 『에덴의 동쪽』(1952), 황순원의 소설 『카인의 후예』(1953), 드라마 〈카인과 아벨〉(2009) 등 변주들은 인간의 악함(혹은 나약함)에서 비롯된 아포리아를 들여다보는 차원으로 확장되어왔는데, 요즘은 딱히 그렇지만도 않다. 카인의 문제에 있어 신의 과실이 크다는 의혹은 주제 사라마구의 소설 『카인』(2009)에 이르게 되면서 신이 일방적으로 새긴 주홍글씨를 묵과할 수 없다는 반발심과 함께 변주의 폭을 키웠다.

반골 본색, 합리주의의 싹

모든 분란은 아담과 하와가 카인을 낳는 장면으로 여는 「창세기」 4장으로부터 비롯된다. 구체적 사건을 기술하면서도 텍스트 밀도가 듬성듬성한 탓에 너무 많은 해석과 의혹의 여지를 제공하고 말았다.

밭을 가는 농부인 카인, 양을 치는 목자인 아벨, 형제는 나란히 여호와에게 자신의 소출로 예물을 올렸다. 여호와는 밭에서 거둔 카인의 곡식을 받지 않고, 아벨이 키운 양 떼 중 맏배와 살찐 것에 기뻐했다. 「창세기」는 여호와가 카인의 예물을 반려한 이유를 정확히 밝히지 않는다. 카인의 예물에 어떤 결함이 있었는지, 카인의 제사 이전에 무슨 잘못을 저질렀는지 등을 「창세기」에서 찾아볼 수 없다. 화가 난 카인은 불쾌한 감정을 숨기지 못했고 여호와에게 문책을 당했다. 물론 화가 났다고 해도 동생을 죽인 행위는 변명의 여지가 없다. 여호와는 "네 동생 아벨이 어디 있냐"고 의뭉스럽게 물었고, 카인은 "난 모릅니다. 내가 동생을 지키는 사람입니까?" 하며 시치미를 뗐다. 편파적인 여호와와 반골 기질인 그의 피조물은 피차간에 신뢰를 잃었다.

여기서 이상한 일이 발생한다. 피조물이 건방지고 마뜩잖으면 창조주의 전능으로 '순삭'해버리면 그만이다. 노아의 홍수처럼 인류를 수장시키고, 소돔과 고모라처럼 도시 전체를 불태워버리면 되지 않는가. 그런데 '앵그리' 여호와가 카인에게는 이상한 판결을 내린다. 여호와가 카인에게 영원히 방랑자가 되는 벌을 부여하자, 카인은 "어떻게 살란 말이냐"고 또다시 항의했다. 천벌이 예상되었지만, 여호와는 이 한마디에 카인을 용서하고 다른 사람들이 절대 그를 건드리지 못하도록 이마에 표식을 새기는 면죄부를 주었다.

그 후 에덴의 동쪽인 놋Nod에 정착한 카인은 아내와 아들 에녹을 얻고 도시를 건설했다. 그는 인류 최초의 도시 건설자로 이름을 남기게 되었다. 중대 범죄를 저지른 것에 비하면 엄청난 해피엔딩이다. 『성경』에서 카인처럼 손에 동생의 피를 묻히고 사면을 받으며 업적을 이룬 인물은 없다. 반골 기질을 드러낸 카인은 무시무시한 창조주와의 대화를 통해 용서를 받아낸 첫 인간이었다. 소설 『데미안』에서 "카인과 아벨 이야기는 카인의 힘과 표식을 두려워한 사람들이 늠름하고 비범한 젊은이 카인을 부정적으로 왜곡한 이야기"라는 데미안의 견해는 이와 같은 맥락으로 볼 수 있다.

카인과 여호와 간 대립의 핵심을 가장 잘 이해한 변주는 『에덴의 동쪽』이다. 창조주와 피조물의 관계를 부모와 자식 관계로 치환해 그려낸 소설에서 존 스타인벡은 대농장주 아담과 그의 두 아들, 아론(형)과 칼렙(동생)이라는 구도를 설정한다. 아버지에게 사랑받지 못한다고 느낀 칼렙은 형을 죽게 만든다. 아버지가 아론의 행방을 묻자, 칼렙은 "그걸 내가 어떻게 알아요. 내가 아론의 보호자라도 되나요?" 하고 답한다. 이는 명백한 카인의 패러디다. 결국 칼렙은 아론의 죽음이 자신 때문에 일어났다고 고백하지만, 아담은 아들을 용서하며 숨을 거둔다.

제임스 딘의 출세작이자 엘리아 카잔 감독의 영화 〈에덴의 동쪽〉(1955)은 부모 자식의 화해보다는 부자간 갈등, 부모에게 사랑받지 못한 자식의 처절한 아픔을 읽어내려 했다. 애정을 갈구하는 것 같은 슬픈 눈빛을 지닌 제임스 딘, 그가 연기한 자체로 카인이라는 캐릭터에 대한 새로운 해석이 완성되었다. 동생 칼(제임스 딘)의 연인이었던 애브라(줄리 해리스)가 칼의 아버지 아담에게 다음과 같이 말한다.

"사랑 못 받는 건 끔찍해요. 세상에서 제일 끔찍하죠."

이 대사는 작품을 압축하는 한마디다. 마땅히 받아야 할 사랑을 받지 못하면 그것은 재앙이 된다. 「창세기」에서 왜 카인의 눈이 뒤집혔는지를 설명하는 내밀한 고백이기도 하다.

카인과 아벨이라는 주제에서 가장 손쉬운 변주는 골육상쟁이다. 한국전쟁을 겪은 황순원에게 좌우 이념으로 나뉜 동포 간의 대립은 카인과 아벨 사건과 겹쳐 보였을 수밖에 없었다. 1946년 3월 5일, 해방 직후 북에서 지주들의 토지를 몰수해 마름, 소작농, 머슴에게 무상으로 나눠준 북한 토지개혁이 발생했다. 마름, 소작농, 머슴 들은 지주들의 땅을 조금이라도 더 빼앗기 위해 혈안이 됐고, 지주들은 땅을 지키기 위해 온갖 몸부림을 쳤다. 서로 뺏고 빼앗기고, 죽고 죽이는 과정에서 커

져만 가는 증오와 갈등을 황순원은 『카인의 후예』 속에 녹여 내고자 했다. 지주 출신의 지식인인 주인공 박훈은 자신의 집안 토지를 관리해온 도섭 영감이 등을 돌려 토지를 빼앗으려 하자 영감의 옆구리를 낫으로 찌른다. 훈은 사촌 동생 혁에게 쪽지를 남긴 채 남으로 떠난다.

어서 이곳을 떠나라. 이 이상 더 피를 보고 싶지 않다.

황순원이 낙점한 '카인의 후예'라는 소설 제목은 카인이 동생을 살해한 원초적 시간으로의 회귀를 가리키는 대명사가 되었다. 이 작품의 열린 결말은 누가 카인의 후예인지를 독자에게 무겁게 물었다.

드라마의 골육상쟁은 이보다 가벼우며 노골적이다. 드라마 〈카인과 아벨〉(2009)에서 어린 시절 우애가 깊던 형제는 아버지 병원의 상속권을 놓고 라이벌로 자란다. 선량한 주인공들이 저토록 모질게 변하는 것을 보면, '이긴 자가 모든 것을 차지한다'는 게임 룰은 카인 본성을 발현시키기 위해 악마가 만든 고도의 장치일지도 모른다.

대책 없는 부모와 카인의 밀약

다시 허술한 오리진인 「창세기」로 돌아가 보자. 주제 사라마구는 자신의 유작인 『카인』에서 대담하게도 신을 대책 없는 부모로 규정했다. 주인공 카인은 시간여행을 하며 『성경』속 주요 사건을 경험한다. 이 과정에서 여호와의 무능, 부패, 저능, 오류와 범죄, 편협함, 옹졸함 등이 속절없이 드러나는데, 종합선물세트여서 눈 뜨고는 못 볼 지경이다. 그렇다면 카인은, 인류는 본성에 문제가 없는 것 아닐까? 여호와의 모순은 아담과 하와를 에덴동산에서 쫓아낸 사건에서부터 심각했음을 화자는 지적한다.

여호와가 앞날을 보는 데 개탄할 만큼 둔했다는 것인데, 만일 정말로 그들이 그 열매(무화과)를 먹는 것을 그가 바라지 않았다면 그냥 그 나무를 심지 않거나 다른 곳에 두거나 철조망으로 둘러싸면 될 일이었기 때문이다. (…) 여호와는 우리 자식이 결국 다른 아이들보다 나을 것도 못 할 것도 없다는 사실을 알지 못하는 대책 없는 부모 병에 걸렸던 듯하다.

카인은 동생을 살해했다고 추궁하는 신에게 "(당신도) 공범"이라고 당돌하게 따진다. 허심탄회한 양자 간 토론에서 밀리는 쪽은 신인 듯 보인다. 카인이 지적한 부분은 살인이 벌어지는 현장에서도 뻔히 보고 있던 신의 행태다.

"망을 봐주려고 자리를 뜨지 않은 사람도 실제로 포도밭에 들어가는 자와 마찬가지로 도둑입니다."

카인의 공범론에 흠칫한 신은 "아벨의 죽음에 대한 우리의 공동 책임에 기초한 약속이라고 하자"며 카인에게 한 가지 약속을 제안한다. 카인의 이마에 표식을 하여 그 누구도 카인을 건드리지 못하도록 하겠다는 것이다. 이로써 「창세기」의 텍스트가 쏙 빼놓은 대목, 즉 카인이 동생을 살해했음에도 신에게 용서받은 배경을 짐작할 수 있게 된다. 그것은 신과 카인의 밀약이다.

밀약 계약자의 지위를 얻은 카인은 방랑자로서의 새로운 삶을 거침없이 시작한다. 카인은 산에서 여호와의 명에 따라 아들을 칼로 찌르려는 아브라함의 팔목을 잡아 이삭의 생명을 구한다. 천사는 여호와가 아브라함의 믿음을 시험하려는 것이었고, 실제로 찌르지 못하도록 자신을 보낸 것인데 날개가 망가져 늦었다고 변명을 늘어놓는다. 카인이 아니었다면 이삭은 이미 죽었다. 가만 듣고 있던 카인은 "늦게 오는 것의 반대말은 너무 늦게 오는 거요"라고 쏘아붙인다. 천사는 이런 카인에 대해 "어이쿠, 이런. 합리주의자로군"이라고 비꼰다.

합리주의자 카인의 시선에서 아브라함에게 "멍청한 명령"을 내린 여호와는 창조주로서의 자질이 의심스럽기만 하다. 여호와에 대한 카인의 평가는 멍청함이나 저능에서 끝나지 않는다. 카인은 여호와의 본성에 관해 결론을 내린다. 시나이

광야에서 모세가 3000명이나 되는 자신의 민족을 학살한 사건이다.

그(카인)는 단지 하나님의 악한 본성을 인식했을 뿐이다. (…) 카인은 생각했다, 루시퍼가 하나님에게 반역한 것은 정말 옳은 일이었다.

신의 실체를 파악한 카인은 시간여행을 통해 농부가 되려던 사람에서 진흙을 밟는 사람, 마지막에는 부지런히 자신의 길을 찾는 사람으로 변모해간다. 사라마구는 유작에서 신에 대한 억하심정을 숨김없이 쏟아낸 듯하다. 신과 인간의 중간에 끼인 천사의 시선이 그래도 가장 객관적이지 않을까. 카인이 합리주의자라는.

그렇다면 우리는 토론을 통해 신과 계약한 합리주의자의 후예들이다. 이러한 해석은 오리진의 듬성듬성한 텍스트가 안겨준 선물일진대, 앞으로 또 다른 정체성의 카인을 충분히 기대할 만하다.

스토리텔링, 오리진과 변주들

1판 1쇄 인쇄	1판 1쇄 발행
2022년 12월 10일	2022년 12월 20일

지은이　장상용

펴낸이　한기호

책임편집　김미향, 김현구, 정안나

편집　도은숙, 유태선

마케팅　윤수연

경영지원　국순근

펴낸곳　요다

출판등록　2017년 9월 5일 제2017-000238호

주소　04029 서울시 마포구 동교로 12안길 14 삼성빌딩 A동 2층

전화　02-336-5675　팩스　02-337-5347

이메일　kpm@kpm21.co.kr

ISBN　979-11-90749-50-3 (03800)